U0623126

感动系列

门外有敲门声

——感动小学生的100个奇幻故事

◎总　主　编：刘海涛
◎本册主编：莫文英

九 州 出 版 社
JIUZHOUPRESS ｜ 全国百佳图书出版单位

图书在版编目(CIP)数据

门外有敲门声:感动小学生的 100 个奇幻故事/刘海涛主编.
—北京:九州出版社,2006. 1(2021.7 重印)
("读·品·悟"感动真情系列)
ISBN 978-7-80195-398-8

Ⅰ.门… Ⅱ.刘… Ⅲ.儿童文学—故事—作品集—世界
Ⅳ.I18

中国版本图书馆 CIP 数据核字(2005) 第 131069 号

门外有敲门声:感动小学生的 100 个奇幻故事

作　　者	刘海涛(总主编)　吴慧玲(本册主编)
出版发行	九州出版社
地　　址	北京市西城区阜外大街甲 35 号(100037)
发行电话	(010)68992190/2/3/5/6
网　　址	www.jiuzhoupress.com
电子信箱	jiuzhou@jiuzhoupress.com
印　　刷	北京一鑫印务有限责任公司
开　　本	787 毫米 × 960 毫米　16 开
印　　张	14
字　　数	305 千字
版　　次	2006 年 1 月第 1 版
印　　次	2021 年 7 月第 3 次印刷
书　　号	ISBN 978-7-80195-398-8
定　　价	48.00 元

★ 版权所有　　侵权必究 ★

 目 录

丹 雨 星 空

王 蔚 ………………………… 颠倒校园的外星好友 /2
[美]艾沃特·霍克 ………………… 星际动物园 /10
李志伣 …………………………… 好梦银行 /13
郭宇波 …………………………… 傲慢的女王 /17
刘会民 …………………………… 微型观心器 /21
[意大利]卡洛·科洛迪 …………… 木偶奇遇记 /24
沈其良　顾复昌 ………………… 沙海觅生 /28
李 霞 …………………………… 大鬼和小鬼 /31
[美]迈克尔·克莱顿 ……………… 神秘之球 /34
吴雨梓 ……………… 二五八八年间的一场消费官司 /37

魔 法 花 蕾

谢志强 …………………………… 镜子里的公主 /42
冲 田 …………………………… 魔法师的门 /46
王智龙 …………………………… 迷失自我的人 /49
[苏格兰]罗伯特·路易斯·史蒂文森 … 化身博士 /52
任佳音 …………………………… 控制 /55
郭宇波 …………………………… 金鹿 /59

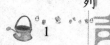

紫眸冰情

[丹麦]安徒生 …………………… 世界上最美丽的一朵玫瑰花 /64

(香港)潘金英　潘明珠 …………………… 喷泉的心愿 /68

(台湾)林　良 …………………… 绿池的白鹅 /72

[德]格林兄弟 …………………… 七只乌鸦 /76

雪　兰 …………………… 奇迹 /80

郭春临 …………………… 稻草人传说 /83

(台湾)李　潼 …………………… 水柳村的抱抱树 /86

佚　名 …………………… 英雄的悲剧 /90

冥想翔吟

[丹麦]安徒生 …………………… 完全是真的 /94

曾长清 …………………… 老秃鹫的话 /97

王洪富 …………………… 良心和天鲤 /100

[丹麦]安徒生 …………………… 区别 /103

(台湾)管家琪 …………………… 爱跳舞的眼镜蛇 /108

邱成立 …………………… 让梨 /112

江　江 …………………… 树的故事 /115

[丹麦]安徒生 …………………… 一枚银毫 /118

梦 蝶 舞 影

佚　名 ························· 花姑子 /124

[丹麦]安徒生 ···················· 一个豆荚里的五颗豆 /127

王培静 ························ 羊与狼的故事 /131

[德]格林兄弟 ····················· 青蛙王子 /134

佚　名 ························· 秀才和狐仙 /136

许宪龙　韦甜　林晋 ··············· 东方灰姑娘叶限 /138

玉　清 ························· 少女安琪 /142

[德]格林兄弟 ························· 白蛇 /146

莫 名 其 妙

何小波 ······················ 神奇的鹦鹉波比 /152

石　磊 ······················ 八百老虎闹东京 /157

[德]格林兄弟 ···················· 三个黑公主 /160

[德]格林兄弟 ······················ 狼和狐狸 /162

[俄]普希金 ··················· 渔夫和金鱼的故事 /164

佚　名 ····················· 两邻居遇鬼的故事 /168

宗　伦 ······················· 一块钱的古董 /171

杨树森 ······················· 门外有敲门声 /174

奇 怪 纸 牌

戴玉祥 ·············· 会说话的鱼 /178

陈伯吹 ·············· 老鼠和钟 /181

叶圣陶 ·············· 古代英雄的石像 /183

佚 名 ·············· 九马画山 /188

王奎林 ·············· 庞涓的悲剧 /190

安广禄 ·············· 价值连城的案板 /192

板 章 ·············· 宋定伯捉鬼 /196

刁晏武 ·············· 三生磨难的刘举人 /199

潘人木 ·············· 龙来的那一年 /202

雅 琴 ·············· 画皮 /207

佚 名 ·············· 终身不笑者的故事 /210

丹雨 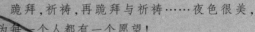 门外有敲门声 星空

星际中一些可以解释的和一些无法解释的事物，都充满着魅力，诱惑着我们的灵感……

夜空，深蓝，发出娆艳的颜色。

CD里传来《BIG BIG WORLD》，思绪随着音符在空气中旋转……

星际中，一颗小小的灰尘在祈祷……谁也不知道……

它是一颗流星……星球，月球！一个人一个愿望，它们在随着美丽的星空流动！

跪拜，祈祷，再跪拜与祈祷……夜色很美，因为每一个人都有一个愿望！

朋友间有磨擦,有很多矛盾是很正常的事情,这个是必然,也是情趣!

颠倒校园的外星好友

● 文/王 蔚

除了我,这世上再没人知道,我们学校住着一个外星人。而且,他是因我而来的。

可糟糕的是,我却总把他晾在一边儿。

他常常隐形,变成一个轮廓隐约的透明人,在校园里飞来飞去,有时躲在操场边,看大家上体育课或行色匆匆地来去;上课了,他就在我们初三教室一间间的溜来溜去,充分满足着一个外星男孩的好奇心。同时,他也在等我,盼我早点儿空下来,可以陪他玩,或者好和他一起去看小孤星。

只有到了深夜,我俩才在宿舍楼顶见上一面。只是,大考越来越近,我一整天扎在功课堆里,一到深夜实在累得不行,连跟他多讲一句话的力气都没了。

但我还是尽力陪他一会儿,谁叫是我把他唤来的呢?

那是前不久的事。那夜我做完功课,被美好的夜色吸引,偷偷跑到宿舍楼顶坐下,对着神秘星空,我有些痴了,星星闪得好调皮啊,在某个调皮的星球上,会不会有跟我一样的人,也在仰望星空?如果我们相遇,一定会有说不完的话……

正是我的痴想,引来了外星男孩Q。那夜,一个光球兴高采烈地飞来了,眼看着擦着我的头顶,划到校园那棵老榕树上。我奔下楼直往老榕树跑去。我的胆量还不错，虽说不是胆大包天，至少也不属于胆小如鼠那一类。结果，我竟然心想事成——那光球像一个圆滚滚的贝壳，金黄金黄的，它冲着我裂开了，一个人形出来了，这就是日后给我带来惊喜与麻烦的Q。

他把贝壳一样的光球缩得小小的，藏在榕树洞里，接着就开口了："＃+/**5~~＃……*~……。"好奇怪的语言啊，我们无法沟通。但是，对外星男孩来说，这个似乎不是问题，他只消把手按在我的嘴上，就复制了我的语言，"嗨，我，我，我从小孤星来，我叫Q。你不是周可可吗？"

他竟然知道我!？我惊讶地跌坐在地上。

"为什么这样大惊小怪？不是你希望我来的吗？"他把手指放进嘴里咬着，突然就有一股力量，"嗡"的一下把我弹了起来，"你不是有好多话要跟我说吗？"他认真地看着我。

从此，Q进入我的生活。他来自小孤星，小孤星太小了，据他说上面就他一个居民。好冷清呀！他的长相与地球人的差异不大，但论本事，地球人就望尘莫及了。他咬咬手指就能心想事成。他能谛听外星人的声音，比如，一个地球女孩的心声。

话说Q进入我的生活，一切其实也没啥变化，生活一如既往，够单调，够忙累……

我仍是扎在功课堆里的月功女孩，虽然我长得挺秀气，但看上去怎么都显得有些呆头呆脑的。

清晨，Q见我还困得要命，就把我变成蚂蚁那么大，让我睡在他的手心里，然后隐形去课堂，把我放在椅子上，直到老师到来，他才把我还为原形。我突然出现，常常吓得同桌唐小绿惊魂不定。但他的本事再大，也不能改变我们必须频繁考试的命运。

除了夜晚和我在楼顶上见面，Q都是隐形来去，他不希望被更多人知道。虽然他对这儿很好奇，但Q在小孤星清静惯了，他只想交我这么一个朋友。

小孤星是个极小的星球，据Q说那里长了满满一星球树，树冠

感动系列

像伞,树干如桶,如桶的树干里藏满了水,每天蒸发出大大小小的水泡……真是美得奇怪啊!

好想多多追问 Q 的外星生活,更想去小孤星玩,但是马上就要考试了,这一切怎么可能呢?这阵子,每当我在楼顶坐下,就会不知不觉耷拉脑袋陷入梦境。尽管面前坐着外星人,竟然都不能让我睁大眼睛!

Q 每天四处转悠,不吃东西,依靠空气就能存活,活得可真简单。他耐心地等着我空下来,能跟我好好玩一回。等人大概总是很累的,有时他就在空中睡着了,盘起腿,像菩萨一样坐着睡;或者躺着,头朝下;或者抱成一个圆圈;偶尔,他也会睡在榕树上……

幸好没人发现他透明的、若有若无的身影,除了我之外。什么时候我也能有这个本事呢。上课打盹可以不叫老师发现。但事实上课时,我根本连打个盹的时间都没有。大考日近,我越来越紧张,越来越显得焦虑,夜夜梦见被人追杀,到了临考前两天,简直到了连觉都不能睡的地步。

Q 也等得越发着急了,见我在楼顶上像小神经一样走来走去,他说:"可可,你逃学嘛,逃学好啦,我带你去小孤星!"

"亏你说得出口!"我气呼呼,"人家可是用功的好学生!"

"别生气嘛!我不过是想让你轻松点儿。"

是啊,我也太不客气了。Q 真是对我挺好的呢,我有点儿抱歉地看着他。常常,我在楼顶不由自主睡着了,第二天却在自己床上醒来,这都是 Q 把我给送回去的。我都习惯他这种照料了,当然对他来说,也只消咬咬手指头就成。

这时候他看着我说:"真的,我真想让你轻松点儿,你总那么心事重重……"他咬着手指头。

忽然,我觉得什么地方不大对劲了,身下好像有些地方震动。周围的高楼怎么在下沉?在变矮?我惊惶地四下乱看,在恍惚中,摸摸自己的腿,发现自己并没有离开楼顶啊,Q 也还坐在对面,但我的确感觉到在升高,就像坐在一架观光电梯里……

不久,整个城市都在我的俯瞰中了,风越来越大,我在楼顶上奔跑张望,城市越来越远,夜空越来越近,夜空在星光里,城市在灯光里,"Q,Q,快看呀,我们升起来啦!Q,是你干的吗?"我又喊又叫,心里一阵阵畅快……

早晨,没有人发现这一切,因为我们正升到一团云里。所有的人都以为起了大雾。

这雾未免太浓了,大家彼此都看不清,更不用说看黑板了。老师们不得不提前下课,各个教室不断发出欢呼。好些人跑出来,云里雾里地玩。我的心情既舒畅,又忐忑不安,只在心里拼命喊叫:"Q,快来——,Q,快来——"

不一会儿,Q从我头顶上飞落,"你总算有时间跟我玩啦!"他高兴地拉了我一把。

我的手只是被他轻轻扯一下,身体一震,顿时就浮在了云中。我试着划拉几下,人就升高了,真自由啊!

不过,不行不行!明天就要大考了,校园怎么可以停在高空里,我哪能有闲情逸致在空中飞翔?刚想到这里,我身子一重,就一个劲儿往下掉,吓得我失声怒叫,幸好Q在下面及时托住了我。

"急什么呀?先玩一会儿啊!玩痛快了,我就让校园降下去还不行吗?"

这话让我很宽心,结果我又变轻了,徐徐升上去……

但只一会儿,我的心里就七上八下的:"不行啊!你得带我下去看看。"

为了不被人发现,Q让我跟他一样变成透明人。我紧紧拉着他,不敢松手,不久,我们飞到校园底下。我这才看到,校园是连着地基,连着层层凹凸不平的土石一块儿上天的,下面还伸出老榕树的根呢!

又向下飞了好一阵子,飞近地面。只见,校园的原址现在是一个巨大的坑,坑的一侧已散散乱乱地站了不少人,正竖着好些横幅和标牌,在争相买那块地了,有的说要盖商场,有的说要盖公寓……

"怎么这么快?"我急了,"Q!你闯大祸啦!我们还怎么降下来呀?

他们都打算盖楼了。"Q忙安慰我："别怕呀可可，没关系的，我把校园变小点，不就可以降下去啦？"

抬头看上去，凹凸不平的校园底部多像个小小的星球啊，同学还都浑然不觉待在上面……"快，赶快！"我催促着Q，"现在就变，快变！"

眼看着Q使它变小了，但未免变得太小了吧，我们飞近前去一看校园小的像一个飞盘，好可笑啊！Q一伸手抓住它了，我也一伸手，把它抢过来，这就是我住了好几年的校园吗？

楼房变成火柴盒大小，好多蚂蚁大的人进进出出，有个穿短裙的"小蚂蚁"，这不是唐小绿吗？我笑了起来，还恶作剧地捏起她。瞧她吓的，发出极细小的哭喊，胳膊腿儿像甲虫一样在空中划来划去。唐小绿真够倒霉的，老是平白无故受我的惊吓。下面的无数"蚂蚁"们更是惊呆了，发出"嗡嗡"的喊叫声。

我真是有些疯了，等把唐小绿放回去，竟然跟Q玩起了飞盘游戏，把校园当飞盘在空中扔过来，扔过去。"飞盘"翻来转去，在空中发出"嗖嗖"的风声，"蚂蚁"们尽管东倒西歪，有时还大头朝下，却没有一个掉下去的，大概校园上面仍然拥有地心引力吧。

我们也笑得东倒西歪，不过，疯了一阵之后，我的理智又回来了。

得让Q赶紧把校园大小变得合适，赶紧降落。校园里已经乱成一团了。

但是，这会儿的Q虽然跟往常一样，认真地咬着手指，可校园却像个气球，一会儿胀得很大，一会儿缩得很小，怎么都变不到合适的大小了。Q是怎么啦？还以为他无所不能呢。

看我着急的样子，他抱歉地说，"我能把东西变大或变小。但现在不知怎么的拿不准了。"

真可气！我使劲摇晃他的肩膀，"你急死我啦！你急死我啦！"我一会儿催他，一会儿怨他，更搞得他心慌意乱。结果，Q手忙脚乱地让校园降回了原地，它虽不像飞盘那么小了，但的确还是太小了点儿，这谁都看得出，它只占了大坑的十分之一那么大。

我们俩看着校园直发愣，像大人国的人在瞧小人国的热闹。

来瞧热闹的人越来越多，我和Q不得不推挤着人们，"走吧，走吧，有什么好看的？"我们忘了自己是隐形透明人了，只见人们一脸的惊恐，魂飞魄散的样子，个个逃得八丈远。

不过这下倒好，巨大的坑重新空了下来。

Q赶快把校园又升起来，变得越来越大，越来越大，直到和原来一样，然后，我感觉到地面重重一颤，校园又落回原地，发出沉闷的巨响，与那个巨大的坑总算牢牢地合上了。

这时，天都快黑了。我感到心烦意乱，恐怕今夜又无法入睡。我担心经过一天的忙乱和折腾，会把复习好的东西全都忘光，我丢下Q，径直往教室奔去。

但我所到之处，无不引来奇声怪叫，真是莫名其妙。一眼看到唐小绿，就跑过去拉住她，谁知她像见到鬼一样尖叫起来，我这才突然反应过来，愣在那里，心里对Q那个气呀！

操场上只剩我一个透明人的时候，另一个透明人飘着赶了来，把我们俩都变回有形人，但我却一把推开他，恨恨道："讨厌！你来捣什么乱？回你的小孤星去吧！回你的小孤星去吧……"真是气急败坏。Q吃惊地看着我，愣住了，然后消失了……

从这一刻起我才开始懊悔啊，我忘了吃晚饭，满校园找Q，希望他是因为累了，隐形睡觉去了。我向着昏暗的空中找，把眼睛都看疼了，一直找到天黑，"Q，Q，你不要走，不要走……"以前就算他真生了我的气，他也老是藏在某个地方，再反过来急我一下。

对啊！我忽然想起了老榕树。他不是有一次睡在榕树上的吗？那天路过树下的同学都以为树上藏了个捣蛋的家伙，老是拍人脑袋，却不知道那是Q垂下来晃悠的脚。

我十万火急奔向榕树，但看到的只是一个空空的树洞，连Q藏在里面的贝壳状光球都不见了，那是他的星际飞行器啊。他走了，他是真的回小孤星去了！他一定非常生我的气了，不是吗？夜很深了，我的心里七颠八倒的。满天的繁星，哪一颗才是Q的小孤星啊？我这个傻瓜！连 Q 的家在哪个方向都没能了解清楚。

就这样，我错失了一段外星友情。我坐在楼顶上，伤心痛哭起来。如果 Q 再来，我一定好好陪他，一定空出时间和他玩，可是，他还会理我这个地球呆瓜吗？我哭了好久，直哭得疲惫不堪，在楼顶睡着为止。

等我醒来，发现自己依然仰躺在楼顶，星星都消失了，天色已亮。唉！以往在楼顶睡着，在床上醒来，那种感觉是多么的幸福，可幸福却在我发觉它之前就结束了。

更糟的是，当我回到宿舍，里面一个人影也没有，同学们不会是都上考场了吧？难道我睡过头了！一阵心惊肉跳，我都快急疯了……

突然听到楼下吵吵嚷嚷。只见唐小绿"腾腾腾腾"跑进宿舍，举着一本日历对我嚷嚷，"看呀！可可，看看这是什么日子！什么时间！？"小绿说得快极了，"坏了！我一定是用功过度，昨天东歪西倒，今天晕头转向！你看呀可可，是不是我的眼睛也用功用花啦！这到底是二零零几年呀？"

我瞪着日历看了半天。看明白了：空中方一日，地上已一年。昨天还是二〇〇三年六月九日，今天已经是二〇〇四年六月九日了。

这都是 Q 干的好事！

在我们学校失踪的一年中，其他学校的初三学生，今天已是高中生了。而我们因为没能参加升高中的考试，都得留在原校再读一年。

这些天，我心中一片茫然，总是深夜独自坐在楼顶，一点一滴地回味 Q 在的那些日子，好像在嚼食什么又甜又苦的东西。然后，就在那儿睡着了，脑袋下枕着本书……

一夜，我突然在一片光亮中醒来，发现自己变成一个极小的人，躺在巨大的书上！我吃力地眯起眼睛，渐渐看清了一个裂开的金色光球，从里面伸出手来，把我托在手心，"可可，你真的懊悔了吗？你真的要陪我玩，要去小孤星吗？"

我愣愣地看着眼前的一切，傻傻地点点头。Q 真好呀！他又听到我的心声了，让别人听到自己的心声有多好啊！傻傻地坐在一个外星男孩的手心里，有多好啊！

　　"那就快走吧！我再也没耐心等下去了！"Q让我坐稳，光球马上闭合飞了起来，金色光球壁是透明的，透过它，我看到了校园，它变得越来越小，越来越暗……

　　我们渐渐融入了浩渺的星空……

珍惜友情

赏析／莫文英

　　这是个关于友爱的故事！很多东西只有我们失去了才会觉得珍贵，故事中的"我"便是这样，朋友Q回到小孤星使"我"感到郁闷与难过。朋友间有磨擦，有很多矛盾是很正常的事情！我们应该认识到朋友之间更重要的是友爱，而不是矛盾，我们不要因为那些不愉快的事情而丢掉友情。

　　还好，最后亲爱的Q回来了，他把"我"带到了小孤星！故事的结局让我们看到了友爱的亲切与温暖。

如果不同国家，不同地区的人都能互相尊重和理解，那么，全世界都会洋溢着完美和谐的气氛，误解与战争也会随之消失！

星际动物园

●文/[美]艾沃特·霍克

每到八月，孩子们总会变得十分听话——特别是当八月二十三日临近时，个个都那么规规矩矩！原来，每年八月二十三日，芝加哥地区都要迎来雨戈教授的"星际动物园"——那巨大银色太空船总是降落在一个大型停机场，供人们作每年一度的六个小时的参观。

离拂晓还早，人们已蜂拥而至。不论是儿童还是大人都排起长队，人人手中拿着自己的一美元——他们正不安地等待着参观雨戈教授的"星际动物园"。当然，大家都急不可耐地想马上目睹雨戈教授今年送来的是什么样的古怪动物！

近些年来，他们已有幸观赏到了来自金星的三足动物，芦柴棒似的火星人，以及来自更遥远星体的蛇状怪物。

今年，当巨大的银色太空船降落在芝加哥郊外的停机场时，孩子们的目光充满了敬畏。他们注视着飞船的舱板渐渐敞开，露出了那几个人们以前就见过的结结实实的笼子，笼里关着一些狂暴的、形状像马一样的小型动物——它们的动作快速但有的显得跌跌撞撞，并以一种尖锐的噪音不断地相互谈论着什么。

地球人密密麻麻地围了上去。此时雨戈教授的帮手随即麻利地向每个参观者收取一美元，没过多久，那位大教授便出台亮相了。他披着一件五光十色的斗篷，头戴一顶高耸的礼帽。

"亲爱的地球人，"教授在麦克风里大声叫道，当人们停止喧闹，他继续嚷着，"地球人啊，今年我给你们送来了完全值得掏钱参观的动物——它们是罕见的来自卡恩星的蛛马人。要知道，这可是我们花上血本，从一百六十万光年外的宇宙空间好不容易弄到手，然后再奉献给诸位的！请围在这些令人惊叹的来自卡恩的蛛马人身边吧！请好好观察它们，研究它们，再听听它们在说些什么！然后把这一切告诉你的亲朋好友，但可得赶快！因为我们的太空船在这只逗留六个小时。"

渐渐地，人群围了一层又一层。这些样子像马儿，但又像蜘蛛在笼子上爬动的怪物着实使他们感到既心惊胆战，又心驰神往。只听见有个男士评论道："花上一美元完全划得来，我这就去叫我老婆也来开开眼界！"

一时间门庭若市。人们无一例外地毛骨悚然，但又异口同声地声称回去通知朋友、孩子或老婆前来看热闹。最后，计有一万人在笼子前参观。六小时转眼即过，雨戈教授又一次握住麦克风。

"现在我们得走了！"雨戈教授宣称，"但来年的今日，我们会再来的。要是诸位对本年度的'雨戈教授星际动物园'感兴趣，请打电话告知你们在其他城市的亲友们。明天我们去纽约，下周则去伦敦、巴黎、罗马、香港和东京。此后我们得离开地球去另外的世界了。"

教授向人们挥手道别。当飞船从地面升腾而起时，地球人都认定，这可是最吸引人的动物园……

经过长达两个月的在其他三个星球的逗留展出后，雨戈教授的银色太空船最终降落在他所熟悉的卡恩星上的岩丛中。那些蛛马人迫不及待地挤出笼子。在教授向它们说了再见后，他们便争先恐后地奔向四面八方，开始寻找各自安在石穴中的家。

在其中一家，当那雌性蛛马人看到丈夫和幼子平安归来，自然喜出望外，她一边用怪诞的卡恩话"呀呀"地向亲人问候，一边热烈地拥抱他们。"你们出去这么久了，玩得可高兴？"她问道。

雄性蛛马人点了点头，说："特别是我们的小宝贝玩得好开心。我们总共游览了八个地方,见到了数不清的奇怪动物。"

"有没有遇上什么危险?"她又关切地追问。

"没事,"雄性蛛马人潇洒地耸了耸肩,"我们每到一个星球,就呆在笼子里,可安全了。下次你一定和我们同去,只要付十九卡元,可真合算! "

那小蛛马人也在不停地点头称是:"哦,妈妈,在地球上,我们飞船旁的人们实际上是我见到过的最有趣的动物——这些怪物长得又高又大,不时向我们抛送食物,笑声粗哑得怕人……"

心间的距离

赏析/肖诗雅

地球人和蛛马人,他们只隔着一个笼子的距离,但是,他们都活在自己的世界里,将一切异己的事物都当作怪物参观。在地球人的眼里,蛛马人是狂暴的,形状像马一样的小动物,动作快速,并有着尖利的嗓音;而在蛛马人的眼里,地球人则是长得又高又大,笑声粗哑得怕人的怪物。他们都互相掏钱将对方视为怪物参观,并从中找到乐趣。

可悲啊!我觉得造成这种可笑的结局,完全是由于自身目光短浅的缘故。每一种人都有自己特定的生活方式,不同国家的人都有不同的生活习惯。例如,美国人见面时为了表示友好而相互拥抱和亲吻,中国人则是握手寒暄。如果不同国家,不同地区的人都能互相尊重和理解,那么,全世界都会洋溢着完美和谐的气氛,误解与战争也会随之消失!

人们常常做梦,有美梦,也有噩梦,有完整的梦,也有支离破碎的梦。

好 梦 银 行

● 文/李志伟

懒蛋博士在童话镇开了一家"好梦银行"。

"什么是'好梦银行'呢?"懒蛋博士解释说,"就是'好梦的银行'。"

大奇说:"请讲清楚一点。"

"别的银行是存钱的,'好梦银行'是存梦的。"懒蛋博士推推大眼镜,"如果你做了一个好梦,可以存到'好梦银行'里。等你老了取出来重温旧梦,那该多么温馨啊!"

"是啊,"大家点头赞同,"不过,还没老的时候能不能取出来呢?"

"也可以呀,不过会损失一点儿利息。"懒蛋博士说,"这也是可以理解的,谁一辈子不碰上点烦心事呀!心烦的时候只会做噩梦,这时候把好梦取出来一温习,心情又好了。"

这真是个伟大的发明!"好梦银行"门口存梦的人排起了长队。是的,平时做了梦随手一丢就算了,没想到可以存起来,还有利息!

大奇排在前头,当他存完梦出来,发现爸爸也排在队伍之中。

"爸爸?"大奇惊讶地说,"您也来存梦?"

"不!"爸爸一脸怒气,"我来贷款——准确地说,是'贷梦'!"

银行有贷款业务,就是把钱借给用户。

"可是爸爸,您为什么要贷梦呢?"大奇问,"您不会自己做个好梦吗?"

"这几天我可倒霉了，算错一笔账，给公司造成了不小的损失。经理骂我，同事说我，搞得我一睡觉就做噩梦！"

"您早说呀，我把自己的好梦给您不就行了！"

于是，当轮到大奇爸时，他将大奇的存折递上去："我取梦。"

"取梦！"懒蛋博士抬头，"刚存了就取？"

"不行吗？"

"行，当然行！"懒蛋博士把大奇的梦还给大奇爸。大奇爸已经等不及了，就在银行的椅子上躺下，充分享受大奇的美梦。他梦见（实际上是大奇梦见的）自己在绿色的山坡上奔跑，身后一只汪汪叫的小狗欢蹦乱跳。云彩在天上飞，太阳在空中笑，前面出现了美丽的大奇妈（实际上大奇梦到的是刘佳佳）！大奇爸与大奇妈手拉着手在草原上跳舞，别提多开心了……

"我真傻！"大奇爸突然睁开眼睛说，"生活这么美好，我怎么能为一点小挫折生闷气呢？给公司造成了损失，我还可以努力挽回嘛！"

大奇笑了："这才是我的好爸爸！"

正在这时，大厅里突然响起一阵炸雷的喊声："不许动，抢银行！"

天哪，开业第一天就碰上抢劫，真是运气不佳！大家都呆在原地不敢动，只有大奇说："请问，说话算不算动啊？"

抢劫者是个蒙面黑衣人。他思考了半分钟："说话是嘴动，嘴动不算动，因为你们的心脏也在跳动嘛。"

"那好，我想提醒你一下，"大奇说，"你好像抢错了地方，这里是'好梦银行'，只有梦没有钱。"

"我有的是钱，都是抢来的！"蒙面大盗叫道，"我缺的就是好梦，因为每天晚上我睡觉都会做噩梦！"

"你都梦见了什么？"

"我梦见抢劫的时候被警察抓住了，我梦见在商场购物被大家认出来，我梦见逃跑的时候一脚踏空跌进马桶——谁把马桶摆在人行道上？"

"那是做梦啊，什么都可能发生，"大奇说，"你晚上做噩梦，是因为你白天干坏事。如果想晚上做好梦,只有一个办法:白天干好事。"

"我抢劫'好梦银行',不就有好梦了?"

"你抢再多好梦也有用完的时候,而当你第二次抢劫时,我们就有防备,会让你噩梦成真:当场将你擒获!"

"呜呜……"蒙面大盗捂着脸哭了,"那我一辈子都要做噩梦了,我该怎么办呀,呜……"

"别等警察叔叔来找你,你去找警察叔叔投案自首,以后就能做好梦了。"

"你骗我!"

"骗人是小狗!"

大奇与蒙面人拉钩为誓。蒙面人去投案自首了。后来蒙面人在监狱里改造得非常卖力,还经常做好事。终于有一天,警察叔叔捧着一个亮晶晶的梦来到"好梦银行"。

"蒙面人做了第一个好梦,"警察叔叔说,"他一定要存进'好梦银行'。"

懒蛋博士接受了,并且代表全童话镇的人民给蒙面大盗写去一张条幅,以资鼓励——

"一个人做一个好梦并不难,难的是一辈子做好梦不做坏梦,祝你能够达到这个目标!"

好 人 好 梦

赏析／周子志

本文写的是发生在童话镇的一家"好梦银行"的故事。

梦是转瞬即逝的，如果可以将人生中的美梦保存下来，该会有多少美好的回忆。童话镇的"好梦银行"就可以帮你实现这个梦想。人们常常感叹：好人难做，好梦难求。有了"好梦银行"，你就可以通过存梦和贷梦来实现你的梦想了。

人们常常做梦，有美梦，也有噩梦，有完整的梦，也有支离破碎的梦。童话故事中的小奇的爸爸因为算错了一笔账而经常做噩梦，但他通过"好梦银行"取到了小奇的好梦，看到了生活原来是美好的——只要善于为自己减压，善于去感受生活中美好的一面。另外，童话中的蒙面大盗，因为干的坏事多而经常做噩梦，从而产生了抢劫"好梦银行"的恶念，想借此实现美梦。在小奇的劝说下蒙面大盗投案自首了，最后改过自新也做了个好梦存进了"好梦银行"。这使我们懂得了美好的生活需要脚踏实地去努力争取，通过投机取巧或者非法的手段去取得是不对的。

最后，让我们记住：一个人做一个好梦并不难，难的是一辈子只做好梦不做坏梦。愿我们每个人都可以好人好梦！

每一个人都应该谦虚,而不要傲慢。

傲慢的女王

● 文/郭宇波

有一个骄横的女人叫做尼俄柏,她的丈夫是底比斯的国王,她呢,则是坦塔罗斯的女儿,宙斯是她的祖父。为此,她非常骄傲。

缪斯女神送给了他们一把漂亮的古筝,当他们进行弹奏的时候,连砖头也会自动地黏合起来。于是他们利用这种方法,建起了底比斯的城墙。他们生活得非常幸福。

尼俄柏的父亲在被打入地狱之前,是神祇们的上宾。那时,尼俄柏自己统治着一个强大的王国,而且她是那么的漂亮动人,仪态万千,所有的人都称赞她的美貌。不过最使她感到骄傲的是她有七个强壮的儿子和七个美丽的女儿。她被人们视为世界上最幸运的人,她曾经是多么的自豪啊!

有一天,她来到了街上,看见人们都在敬奉着神祇,于是她很不高兴,她站在露天献祭的妇女们中间,大声的斥责她们:"你们随便敬奉胡乱编造的神祇,难道是疯了吗? 你们给勒托献上了祭品,但是你们为什么不向我顶礼膜拜呢? 我是最伟大的神——宙斯的孙女,我的父亲是赫赫有名的坦塔罗斯,他们就像一颗颗闪亮的星星一样!你们看着我吧! 我漂亮得像一个女神,我拥有七个世界上最强壮的儿子和七个世界上最温柔美丽的女儿! 谁能和我相比呢? 但是你们却敬奉着勒托,她是什么人物,她值得你们如此地祭拜吗? 你们给我滚回家去,再也不要让我看见你们在这儿进行愚蠢的活动!"说完,她就拂袖而去。

她的臣民们惊恐地撤下了祭品，悄悄地回家去了。

但是，所有这一切都没能逃脱女神勒托的眼睛，勒托生了一对孪生子女，他们就是太阳神兄妹。

现在，勒托非常非常的气愤，她对她的孩子们说："阿波罗啊，作为你们的母亲，我为生下了你们而感到非常的高兴，但是这种侮辱你们受得了吗？我并不比任何一个神祇低微，除了尊贵的万神之母赫拉以外，而今，我却被一个凡间的女子侮辱了一番，如果你们不支持我，我就会被她赶出古老的圣坛，孩子们，你们也会遭到这个尼俄柏恶毒的诅咒！"

太阳神打断了她的话，对她说："亲爱的母亲，我们一定为你惩罚她，让她相信神祇们是不能被侮辱的。"他的妹妹也随声附和，说完，兄妹二人隐身到了云层后面。

不一会儿，他们就看见了尼俄柏所居住的国家的城墙，尼俄柏的七个儿子正在练武场上尽情地嬉戏。

阿波罗非常愤怒地拿出弓箭来，对准了尼俄柏的七个儿子。

只听一声弓弦响，当大儿子正骑着马绕圈奔跑时，他没有想到从天空中射来一枝长箭，射中了他的心脏，他立刻就倒地身亡。他的兄弟在一旁听到了空中飞箭的声音，吓得赶紧逃跑，但是他也没有躲过这相同的厄运，另一枝长箭射来，他来不及躲闪，就一命归西了。而另外两名兄弟，正抱在一起进行角力呢。当他们还不明白是怎么一回事时，就双双倒地死去了。第五个儿子一下子看见死了四个哥哥，感到特别的惊恐，他把兄弟们的尸体抱在怀里，想让他们活过来，但是没有用，他自己被一枝长箭射中了。第六个儿子是个非常温柔的青年，正当他弯下腰想拔出腿中的长箭时，第二枝长箭又射来了，他立即血流如注，死去了。第七个儿子还是个小小的男孩子，他看到这一切后，就惊慌地向神祇祈祷，尽管悲哀的声音打动了可怕的射手，但是已经晚了，因为长箭已经从空中飞来，将他刺倒在地上，他往前一扑，就死去了，只是他的痛苦是所有兄弟中最轻的。

这不幸的消息一下子就传到了孩子的父亲那儿，他因为悲伤过度,拔剑自刎了。一时间,国人的哭声恸天,现在,尼俄柏也知道了这个噩耗,她一下子就昏了过去。

她被她的女儿们簇拥着来到了儿子们死去的地方。在这之前,她是世界上最幸福的母亲,刚刚她还把那些献祭的妇女们赶走,刚刚她还趾高气扬地走过全城呢,可是现在她不得不痛心疾首地悲号了。她抱住儿子们的尸体不断地亲吻,她的眼泪渐渐汇成了一条小溪。她向空中伸出了她的手臂,对可恶的勒托进行诅咒:"残酷的勒托,现在你该心满意足了吧! 你这个狠心肠的女人,七个孩子的死,也足以让我死去了。"

她的七个女儿的长发在风中飘荡,她的母亲注视着她们,嘴角慢慢地露出微笑,"勒托,虽然我失去了七个儿子,可我还是比你幸福,因为我还有七个美丽的女儿,我的孩子还是比你多, 我依然比你强大,你这个该死的女人! "

她一边诅咒,一边艰难地从地上爬起来。但她的话还没有说完,可怕的一幕又发生了——只听见空中又传来弓箭的响声,她看见她

感动系列

可爱的孩子们慢慢地被一枝枝长箭击倒在地上,但是她却无动于衷,因为巨大的不幸使她的精神都麻木了。啊,现在这个可怜的女人像一根木头一样,她看见她最小的女儿向她扑来,惊慌失措地扑到她的衣裙下。"勒托,给我留下最后的一个吧!她是最听话的孩子!"但是她的要求没有用,孩子依然被神箭射中了,血就在母亲的衣裙上流淌,将母亲的衣裙染得鲜红。

现在,尼俄柏坐在她的丈夫、儿子和女儿的尸体旁,巨大的伤心使她僵硬了,她渐渐地变成了一块大石头,只是从僵化的眼睛里不断流出泪水来。突然,一阵风吹来,将她吹到了半空中,又吹过了大海,将尼俄柏送到了她的故乡,她被搁在一座荒山上,她的下面就是高高的悬崖,她悲哀地变成了一尊巨大的石像,直到今天,她的眼睛里还不断地淌出眼泪来。

傲慢的可怕

赏析／吴慧玲

这则神话告诉我们,傲慢是多么可怕的事情,但同时我们也要学会仁慈。骄横的女人尼俄柏用傲慢的语言触犯了神灵勒托,她激怒了勒托。勒托生气了,她叫自己的一双儿女去报复,杀了尼俄柏的七个儿子和七个女儿,尼俄柏死了丈夫,死了儿子,死了女儿,最后变成了石头。

这不是一个令人快乐的神话故事,里面有仇恨、报复、诅咒、死亡、痛苦……尼俄柏的结局让我们体验到了傲慢的可怕。这个故事给我们的启发就是:保持谦虚的生活态度,傲慢会伤害到别人,最终也会伤到自己。同时,故事中勒托的报复方式也是不可取的,我们应该以宽容之心包容那些曾经伤害过我们的人。

联通公司就有一句很好的广告语：沟通，从心开始。你们都做到了吗？

微型观心器

● 文/刘会民

两位同学自科技大学毕业后辗转了几个单位，经济条件仍无起色。

一日两人灯下对酌时，小 A 忽发奇想：窃听器只能窃音，如果发明一种能观测人内心活动的东西，一定会大受欢迎。小 B 一听喜笑颜开，两人一拍即合。于是日夜攻关，不到半年，实验成功。两人喝酒庆祝后，各自筹措资金，批量生产。一个月后注册商标，开办公司，同时在当地晚报上打出广告：使用微型观心器，了解他人思想轨迹，让你生活更甜蜜。

公司开张第一天便颇为火暴，人们排着队等待购买。两人虽发财心切，仍恪守职业道德，必详细问清购买动机，绝不给有犯罪目的的顾客提供产品。

第一位顾客是衣着艳丽的女士。"我丈夫对我倒是很关心，时常给我买衣服首饰，只是很少和我说话，晚上回来也很晚，醉醺醺地倒头便睡，真不知道他每天都在干什么想什么。现在男人有钱便学坏，我对他真是不放心。我早就想有一个观心器了。"

"你丈夫喜欢什么东西吗？"

"他喜欢式样新颖的手表。"

"这块手表款式很新潮，观心器就放在里面，您回去亲自给他戴上，让他感受到您的深情，也能记着时间。另一块手表是显示器，你自己拿好，他想什么，上面就用汉字显示出来。"

第二位顾客是一个四十多岁的男子。"我那儿子成绩又下降了，我问他什么原因，他什么也不说，每天一回到家，就钻进他的小屋里，真学习假学习我也不知道。我真怕他整天玩电子游戏，又怕他早恋。现在当父母的真不容易。"

"您孩子近视吗？"

"早就近视了，小时候看电视看的，两眼全是五百度。"

"这是一副近视眼镜，观心器就放在鼻梁支架里，这个 BP 机就是显示器。您带着它。"

第三位顾客是一位五十多岁的老职工。"我们厂职工天天加班，累得要死，可工资开得越来越少。看着我们厂长大腹便便，红光满面，真不知道他心里还有没有我们职工。听说厂领导一顿饭就吃掉我们两个月工资，还天天上歌舞厅、夜总会，我很想弄明白这是不是真的。"

"你们厂长有什么喜好吗？"

"他喜欢抽烟喝酒。"

"这个打火机就装着观心器，您亲自送给他。这个烟盒就是显示器，您拿着。"

第四位顾客是位老态龙钟的妇女。"我上次牙疼得厉害，去医院看看吧，不成想把我一颗好牙给拔去了，你看，我剩几颗牙了！这不，我胃病又犯了，想去医院看看，又怕大夫不负责任，乱开药，真开错了药我这老命就完了。"

"这是一枝钢笔，里边装着观心器。您一定要大夫用这枝笔给您开药。这个药盒里是显示器，像录音机似的能把他想的全录下来。"

随着顾客一个个满意而去，他们抽屉里的钞票也越来越多。

两人合作得非常和谐，似有心灵感应，一人有什么高招，另一人马上便知道。公司管理也井井有条，没有丝毫漏洞。一年后，净收益已近百万。

公司不断扩大,业务不断增多。公司决策层需要明确分工。两人中的小 A 很想当总经理,因为当初很多点子是他想出来的。近来他又听到属下对小 B 的传闻。有人说在进货中小 B 吃了许多回扣,还有人说公司财务主管与他有些暧昧,人事主管也是他的远房亲戚。这些是否属实呢?现在他们两人整天忙于工作也难得促膝谈心,何不使用一下自己的产品呢,也可检验一下这第三代产品是否有进步。

一天晚上小 B 走后,他用一个装有微型观心器的电脑鼠标替换了小 B 原来使用的鼠标器。

第二天上班后,两人各就各位。看到小 B 按上鼠标,小 A 在他的笔记本电脑显示器上看到如下文字:我替换了小 A 的笔记本电脑,放上了观心器,这下小 A 你想什么,我都一清二楚了。

沟通从心开始

赏析／肖诗雅

朋友们,假如世界上真的有微型观心器,你们想拥有吗?现在社会竞争越来越激烈,有的人更是为了自身的利益勾心斗角,朋友间的沟通越来越少,隔膜越来越厚。

夫妻间,父母与孩子间,上司和下属间,同事朋友间,应该坦诚相对的时候,千万别含糊了事,否则就会引起对方不必要的猜忌。如果真的要用微型观心器来了解对方,那世界真是变得太恐怖了。自古以来,我们人类沟通的方式有千万种,像聊天谈心,写信抒情之类的,如果我们都能学会其中几种,就能给我们的工作、学习和生活带来更多的方便和欢乐。

联通公司就有一句很好的广告语:沟通,从心开始。你们都做到了吗?

《木偶奇遇记》讲述了木偶皮诺曹从诞生到蜕变为人类的奇遇历程。

木偶奇遇记

● 文/[意大利]卡洛·科洛迪

　　从前有个老木匠,正当他狠狠地砍一根木头时,"唉哟,你把我砍痛了!"一个很细的声音叫起来,老木匠吓得脸色都变了。恰好一个叫杰佩托的老头儿来问他要一根木头做木偶,老头便很高兴地把木头送给了他。

　　杰佩托回到家后,很快就刻好了木偶的头发、脑门,又刻出了眼睛。木偶的眼睛刚刻好,便动了起来。鼻子刚做好,就变长了。嘴巴还没做完,就张开笑了。杰佩托给他取了个名字——皮诺曹。

　　杰佩托扶着皮诺曹,一步一步地教他走路。可是等皮诺曹一学会走路,就任性地跑出家门,撇下了可怜的杰佩托。

　　皮诺曹像匹马驹跑了一大圈才回家,墙上一只老蟋蟀看见他得意洋洋的神情,忍不住和他讲起道理:"孩子不听父母的话,任意离开家,是绝不会有好结果的。他们会倒霉,迟早会后悔的。"可皮诺曹根本听不进去,他决定明天早晨一定要离开家。他不想去读书,他只喜欢玩。

　　这时候杰佩托回来了,他打算送皮诺曹去上学,但他穷得一分钱也没有。杰佩托只好用花纸为皮诺曹作衣,用树皮作鞋,还冒着风雪出去卖掉身上惟一防寒的打满补丁的外衣,买回皮诺曹的识字课本。皮诺曹那颗心一阵感动,他决心好好上学报答爸爸。

雪一停，皮诺曹就带着课本去上学了，忽然他听到远处有音乐声，原来戏院正在演木偶戏。他便把新课本卖了，买回了一张票。皮诺曹进场后受到表演场上木偶们的狂热欢迎，老板见他扰乱了正常的表演，差点把他烧了。但皮诺曹宁可烧自己也不愿让其他的木偶替他去死，这种行为令老板那颗像冰似的心感动了，还送他五个金币拿回去孝顺给爸爸呢！

皮诺曹谢过老板，与木偶们一一告别，就欢天喜地回家了。没走多远，就遇到一只瘸腿狐狸和一只瞎猫。原来世上竟有座傻瓜城，城里有块可以种出金币的"奇迹宝地"呢！皮诺曹听了高兴地与狐狸和猫同行。途中，狐狸和猫在旅馆大吃大喝，却半夜溜走让皮诺曹为它们付饭钱和房钱。皮诺曹无奈地付了一个金币后摸黑上路。然而祸不单行，半路冒出两个蒙面强盗要夺走金币，皮诺曹拼命反抗，最后跑到一座白色的小房门口，眼看被追上，眼前一黑，昏倒了。

这时小房子里出来一位天蓝色头发的仙女，她为皮诺曹请来了蟋蟀大夫。蟋蟀告诉仙女："这个木偶我认识，是个不听话的坏孩子，简直要把他可怜的爸爸气死。"皮诺曹听到后呜呜直哭，并向仙女讲了其经过，惟独对金币的藏处撒了三次谎，结果鼻子越长越长。原来仙女早已洞悉他撒谎。皮诺曹羞得直想溜，可鼻子已长得连门也出不去了。直到皮诺曹承认错误，鼻子才又恢复了原样。

皮诺曹非常想念爸爸，他告别了仙女，往家走去，在森林里他又遇到了狐狸和猫。皮诺曹决定继续跟他们去"奇迹宝地"种金币。可怜的皮诺曹呀，被骗种下金子后，当他还美滋滋地期待着的时候，狐狸和猫早已挖走金币溜掉了。

皮诺曹得知被骗后，绝望地走在路上，一只路过的鸽子告诉他，杰佩托到处找他找了四个月，现在又造了一条小船，要漂洋过海找他。皮诺曹决定去找回爸爸，鸽子便载他到了海边。一个大浪卷来，皮诺曹看见爸爸的小船消失了，他跳进海里找了整整一夜仍未找到爸爸。后来一条大鱼告诉他，他爸爸已被一条大鲨鱼吃掉了。

这时仙女来到了皮诺曹的面前，皮诺曹抱住仙女的膝盖禁不住大

门外有敲门声

感动系列

哭。他决定改掉坏习惯,重新上学,请仙女帮助他变成一个真正的孩子。

一年很快就过去啦,皮诺曹成绩品行全优,仙女决定明天就让他成为真正的孩子。皮诺曹高兴地去邀请伙伴们共同庆祝这件大事,这当然少不了要请自己最知己最要好的"蜡烛心",全校最懒惰最捣蛋的学生。皮诺曹找到他的时候,他正准备去永远不用学习,可以从早玩到晚的"玩具国",并劝他同行。皮诺曹拒绝再三仍抵挡不了诱惑,最终也成了"玩具国"的一员。

"玩具国"真是一个孩子的王国呀!有了没完没了的各种玩具,皮诺曹和"蜡烛心"一下子在玩具国玩了五个月。你猜他们怎样了?变成了两只地道的驴子!"蜡烛心"被一个农民买走了。一个马戏班的老板买了皮诺曹。从此,皮诺曹便开始了艰辛的训练兼表演生涯,直到在一次表演中摔瘸了,才被转卖到一个想要驴皮的老头儿手里。老头儿把皮诺曹绑住沉到海里,结果拉上来的不是一头死驴,而是一个活木偶。皮诺曹央求惊讶的老头儿松开绑,当他听到要再卖掉他时,猛地跳进水里,一眨眼的工夫游远了。

忽然,从水中钻出一个可怕的脑袋,张开大嘴一吸,就把可怜的皮诺曹吸进肚子里了。你知道是什么吗?一条大鲨鱼。你猜皮诺曹在鱼肚里遇到了谁? 是靠吃鲨鱼肚子里的生鱼维生的爸爸!

皮诺曹奋力把爸爸从鱼肚中救出,并到菜园做苦力换取牛奶给爸爸,却遇上了垂死的"蜡烛心"。从此,皮诺曹便接替"蜡烛心"所有工作以每天换取牛奶给爸爸补身,晚上便读书写字。他还学会编草篮来卖攒下了点钱呢!

一天,他决定给自己买一身体面的衣服。一只路过的蜗牛告诉他,仙女生病了。皮诺曹非常难过,他把钱全拿出来托它带回去给仙女。

这天晚上,皮诺曹编篮子到深夜,一上床就睡着了。梦中仙女不仅原谅他所做的一切淘气的事,还感谢他,称赞他呢!

第二天,皮诺曹醒来后去照镜子。天哪,里面映出了一个漂亮孩子,栗色的头发,蓝色的眼睛! 他终于变成了一个真正的孩子啦!

童心难泯

赏析／梁锦华

　　《木偶奇遇记》讲述了木偶皮诺曹从诞生到蜕变为人的奇遇历程。从皮诺曹身上，我们看到了孩子普遍存在的逃学、任性、贪玩、懒惰、撒谎、易受骗、抗诱惑能力差等缺点，同时也看到了孩子纯真、善良、充满爱心等难能可贵的一面。人无完人，每个孩子身上总会存在某些不足的地方，又或曾一时糊涂做错过一些事情，但只要认清自己，知错能改，勇于面对自己的不足，不断完善自己，一定能真正地完成"蜕变"，成长为好孩子，成为真正的有用之材！

"求"字带有积极的意味，指人利用自身的智慧，努力寻求摆脱绝境的办法。

沙海觅生

● 文/沈其良　顾复昌

　　杜子欣教授带着他的研究生杨基，骑着两头骆驼去沙漠考察。经过一个多星期的风餐露宿，终于发掘到两具三千多年前的木乃伊——干尸。根据杜教授的研究，他们是三千多年前的古代商人，走入迷途，因饥渴而倒毙在荒漠之中的。终年酷暑干旱的沙漠气候，使这些尸体迅速脱水而不再腐烂，完好地保存了三千多年。

　　突然远方出现了一个耀眼的光斑，一只疯骆驼正狂奔而来。两头膘壮的骆驼受到惊吓，也狂跳起来，与突然闯入的疯骆驼厮咬搏斗。

　　年轻的杨基举枪击毙了那头疯骆驼。

　　杜子欣教授是位精通医道的动物学家，他指着死骆驼对杨基说："这是一头发了疯的骆驼，别看平时慢条斯理的骆驼，一旦发了疯，犹如一只雄狮那样凶悍，飞奔的速度抵得上吉普车。牧人们怕疯骆驼伤人，就在它额上预先系一块小镜子，强烈的光线反射后，远处的人们可以及早防患……"

　　一场意外的风波平息了，可是，两桶淡水却已桶破水流，丧失殆尽。沙漠中断了水，这意味着什么？

　　"喝骆驼血解渴！"杨基望着两只空桶说。

　　"饮血解渴？"教授望着自己的学生微笑道，"也许能解一时之渴，然而没有一个人能逃脱沙漠死神之手的。"

杨基此刻才感到事态的严重性。同时也促发他想起希不来大学培尔克教授的最新研究成果。那是两年前的事……

号称沙漠之舟的骆驼，在沙漠中可以连续一周一点淡水也不进，在灼热的骄阳蒸烤下，哪怕欠水达体重的百分之三十，形影干瘪，仍然能在沙漠中行走。而人类只要失水达体重的百分之二十，就濒临死亡了。人们对骆驼的耐渴之谜一直非常重视，早在十八世纪，阿拉伯人以为骆驼高耸的驼峰，可能是一个"水库"，他们曾用刀剖切驼峰，结果发现驼峰里并没有水，却是一包如猪油般的脂肪。

培尔克教授别具慧眼，他注意到骆驼血液的变化同缺水之间的关系。于是从骆驼血浆内提取到了"耐渴因子"，将这种"耐渴因子"注射到兔子体内，然后将兔子放到气温四十至六十摄氏度像沙漠的环境里，断水七天，结果这些兔子虽然失去百分之三十的水分，还依旧活蹦乱跳；而那些没有注射"耐渴因子"的兔子，只要失水百分之十就会死去，没有一只兔子能活上四天的。

培尔克教授的这一成就，揭开了骆驼耐渴之谜，轰动了整个世界。

师生二人忙从骆驼身上抽血，用一只微型仪器获得了"耐渴因子"。杜子欣教授就往自己臂膀上扎针。"耐渴因子"在教授体内发生作用。在返回绿洲的过程中，杨基按照教授的方法，每天按时从骆驼身上抽血，用微型仪器制造"耐渴因子"，分别注射。师生二人每天只吃干粮，滴水不进，任凭烈日炎炎，仍然精神饱满，谈笑风生，俨然像沙漠之舟。

一个星期之后，他们返回到营地，受到了考古队的热烈祝贺。

门外有敲门声

感动系列

生存的智慧

赏析／柯亚太

朋友,你听过"绝处逢生"这个成语吧?

但是,你是否又听过"绝处求生"这个词语呢?

两个词,虽只是一字之差,却反映出了深刻的生存智慧。"逢"字带有消极的意味,指人在绝境中恰逢天幸,才可摆脱绝境;而"求"字带有积极的意味,指人利用自身的智慧,努力寻求摆脱绝境的办法。

上面的故事,不正说明了"绝处求生"这一生存智慧吗?杜教授和他的学生杨基不幸在沙漠中失去生命之源——水,看来只能葬身沙漠了。面对着一只发疯的骆驼,遭遇如此绝境,如果是你,你会怎么做?

杀骆驼取血解渴?杨基正是这么想的!然而这只能是暂缓之计,一头骆驼的血无法支持他们走出沙漠!

这种境况似乎宣告了他们死亡的降临。

然而,"绝处求生"的本能激发了他们生存的智慧!他们从希不来大学培尔克教授的最新研究成果中受到启示,从骆驼血浆中提取到"耐渴因子",最后"绝处逢生"了!

做鬼也不容易,难怪小鬼长叹"原来做鬼比做人还累啊!"

大鬼和小鬼

● 文/李 霞

有个小鬼,是个新鬼,穷得丁当响。

有个大鬼,已经做了多年的鬼,富得钱都花不完。

于是小鬼就向大鬼请教,怎样才能脱贫致富。大鬼反正已经很富了,就毫无保留地说出了自己的致富绝招:"想挣钱很容易,你只要晚上选条阴暗的小路,在路边一蹲,看见有人过来就伸腿绊他一下,他一害怕,就会烧钱给你用。"

小鬼听罢,千恩万谢地去了。到了晚上,他找了条偏僻阴暗的小路蹲了下来,可这条小路太偏了,他等了大半夜,也没见一个人影。小鬼等得瞌睡都上来了,正打着盹的时候,忽然听见"咚咚咚"的脚步声,有人来了! 他立即来了精神,把右腿伸了出去。

就听见一声闷响,奇怪的是那个人没被绊倒,小鬼自己的腿却被踩断了。

小鬼哭丧着脸去找大鬼,大鬼问他:"那人走路是什么样的声音?"小鬼说:"是'咚咚咚'的声音。"大鬼一摆手:"唉,怪我没给你说清楚了。走路'咚咚咚',说明他强壮有力,这样的人走路哪能会磕绊,你要绊只能绊那种走路软绵绵有气无力的人。"

小鬼记住了这个教训,第二天晚上就又去了那条路。深更半夜的时候,终于来了一个走路没声音、看上去软绵绵有气无力的人,小鬼立刻伸出腿去，果然把那人给绊倒了。

那人重重地摔在地上，好半天才爬起来。只见他在地上找啊找的，想找出是什么东西绊了自己。他盯着小鬼看，小鬼哈哈大笑，冲着那人做鬼脸："看吧看吧，你看不见我！"那个人真的看不见小鬼，也听不见小鬼的声音，他其实盯着的是小鬼脚旁的石头。他一边把石头捡起来，一边嘴里嘀咕着："都是你，害我摔了一大跤。"他把石头重重地往地上一扔，巧了，正好砸在小鬼的腿上。

受伤的小鬼坐在路边忍不住"呜呜呜"地哭了起来，突然他感觉大地在震动，随着"嗵嗵嗵"的脚步声，有人气势汹汹地走过来了。小鬼吓得不敢哭了，拼命地往路边缩，生怕绊倒了那个人。可谁知那人没有被小鬼绊倒，却被那块石头绊倒了，正好重重地摔在了小鬼的身边。小鬼吓得一哆嗦，还好，那人看不见小鬼，也没有找石头算账，而是拍拍身上的土，急匆匆地走了。

小鬼哭丧着脸去找大鬼，把前后事情一说，大鬼高兴地说："你就要发财了，明天晚上我陪你捡钱去。"小鬼将信将疑。

第二天晚上，小鬼跟着大鬼来到那条路上，果然有人拎着一大包纸钱来烧。可让小鬼吃惊的是，来者不是先前那个走路软绵绵的人，而是后来走路"嗵嗵嗵"的那个。

小鬼不解地问大鬼："怎么会是这个人来呢？"大鬼笑着说："那个人走路虽然软绵绵，但他不信鬼，就算你把他绊倒了，他也以为是石头绊的他，扔了石头不就完事儿了？而这个走路'嗵嗵嗵'的呢，你别看他走得那么响，那是他故意放重脚步给自己壮胆的，其实他胆小得很，就算是石头绊的他，他也会以为是我们绊了他，他可信我们哩，所以今天一定会急着来给我们烧纸钱的。"

小鬼还是不明白："那怎么判断一个人是信我们还是不信我们呢？"

大鬼说："那就要靠你自己察言观色了。"

小鬼长叹一声："原来做鬼比做人还累啊！"

做鬼也不容易

赏析／梁晓贞

原以为鬼在人们虚构的鬼世界里是轻松自由的，可这个故事改变了我的想法。原来，做鬼也不容易啊！

故事中的穷小鬼向富大鬼请教脱贫致富的方法。没想到秘诀竟是选条阴暗的小路，绊倒走夜路的人，就可以收到大把钱了。可俗话"说得容易，做起来难"在穷小鬼身上应验了。他第一次去绊一个走路"咚咚咚"强壮有力的大汉。结果大汉没被绊倒，小鬼的腿反被大汉踩断了。在大鬼的指点下，他再去绊走路软绵绵有气无力的人。没想到那家伙不信鬼，还无意中用石头砸伤了小鬼的伤腿。欲哭无泪的小鬼这时却偶遇走路"嗵嗵嗵"能使大地震动但恰被石头绊倒的人，意外地得到了大把钱。原来那人是故意放重脚步给自己壮胆的，其实他胆小得很，是个怕鬼的家伙。

如此看来，小鬼如果想顺利赚大钱，还要学会察言观色判断哪个人信鬼再去绊倒啊。做鬼也不容易，难怪小鬼长叹"原来做鬼比做人还累啊！"

懂得尊重自己的真实想法，才能真正懂得科学，才能在充满荆棘的科学道路上过关斩将，所向披靡，找寻到真理！

神　秘　之　球

●文/[美]迈克尔·克莱顿

在南太平洋深达千英尺的水面下，一群美国科学家正对一艘巨大的不明船体进行探测。探测的过程中引发了一连串的惊奇和疑问。原来这是一艘太空船，根据船上的资料，它是自外太空坠落而来。但令人惊讶的是，它竟完好无损，而且已有了三百年的历史。在这艘太空船上最神秘莫测的物体是一颗直径三十英尺的大球。这个大球似乎也隐藏着不可捉摸的秘密。于是，一些离奇怪幻的现象产生了。

心理学家诺曼·詹森因其一篇名为"关于地球人与不明生命形式接触并互相影响的建议"的论文而当选为异常事物调查组成员。他的工作是监视小组十名成员的行为和态度并对他们的恐惧心理进行调整。随着探测大球工作的深入，一场人类（实体）与非实体之间的无硝烟战争即将爆发。

工作仍在继续，所有调查人员都在绞尽脑汁地试图打开大球的门。使诺曼大惊失色的是，他看见动物学家贝思身后那台监视器上的那颗大球的门正悄无声息地向旁边滑动着打开。他看见那门一片漆黑。他刚想叫人注意，那门又随即关上了。一种不祥的预感涌上心头。而黑人数学家哈里最终还是坚持在大球内部待了三小时。但他从大球里出来后全身僵硬，反应迟钝；他不知道自己的名字，不知道自己在哪里,也不知道现在是哪一年。他被抬回居留舱后,昏睡了一个半小时突然醒来,抱怨头痛。疑团加大了。接着,电脑屏幕显示出一连串的螺旋数字,而这些数据并非出自舱内电脑,它可能代表那个生灵本身!人们都迫不及待地想揭开这个秘密,一个更广阔的未知世界能否被开拓?

科学家们还来不及破译这些密码,舷窗外居然会云集娇小玲珑的粉红色水母!通信系统中传来了数据处理技师简的惨叫声。一个小时后,水母群消失了。它们的消失就像它们当初的出现一样神秘。电脑屏幕上新的数字又出现了!哈里打通了联络通道。突然,警报声响彻整个居留舱。居留舱正遭受一个庞然大物的攻击。它有两条触须,向外延伸时比它的臂还长,足足有四十英尺长,每条触须的末端是平坦的"前足"或是"掌",看上去就像一片叶子。这前足是用来捕捉食物的工具,前足的吸盘上长着一圈又小又硬的甲壳质。贝思认为它是巨型鱿鱼。在这次灾难中,死了三个人。

然而,这种灾难性游戏只是一个开始。巨型鱿鱼又发起了攻击,舱内又失去了一位科学家。而诺曼吃惊地发现,居留舱不知什么时候来了一个身穿制服,身材修长的黑人水兵。他自称来自"海上大黄蜂号"。一个小时后,他们搜遍整个居留舱,没有那个黑人水兵的踪迹,舱外也没有潜艇的影子。资料表明,现役舰艇近来没有任何舰艇取名为"海上大黄蜂号"。疑团进一步加大。而当诺曼发现之前出现的所有的怪现象都源自从大球里出来的哈里后,他只能与另外一个幸存者贝思并肩作战了。他俩用麻醉混合剂催痹了哈里,原先的怪现象消失了:水母群不见了,巨型鱿鱼消失了,黑人水兵也无踪影了。舱内似乎恢复了平静。

但诺曼错了。他不得不承认,贝思也出现了问题。此刻,他惊讶地发现:所有从大球内部出来后的人都有一种魔幻的力量在支撑他们。残酷的现实使他必须依靠他个人的力量向离他一千英尺的海面前进。在这之前,他毅然走进大球的门。魔幻力量惟独不在他身上起作用——因为惟独他一人有面对走入神秘大球的充分心理准备。最后,诺曼不但成功走出了神秘大球，还及时将舱内的两名仅存人员——哈里和贝思救出水面，诺曼拯救了他们的灵魂，也成功地面对了自己的命运。

实际上，所有探测这个神秘大球的科学家们都成功地面对了自己的命运，不是吗？

勇于探索真理

赏析／李燕虹

可以说，读完这个故事，我感到震撼：怪幻的故事令我震撼，科学家们勇于探索真理的精神更令我震撼！当然，故事情节的离奇总是离不开人物的参与的，作者通过人物的行为描写，丰满、强化人物内心，最终完整地勾勒出人物的性格，使得一个复杂而真实的人活生生地展现在读者面前。正是由于各种类型人物性格的交替活现，读者才能从中体味到科幻给人们带来的快乐和思考！

神秘大球固然神秘，人的内心世界也固然神秘。但最重要的是：作为万物灵长的人类，你必须清楚地知道自己在干什么，有什么意义！懂得尊重自己的真实想法，才能真正懂得科学，才能在充满荆棘的科学道路上过关斩将，所向披靡，找寻到真理！

当人类失去了自然后，才发现自然的可贵，可是失去的东西永远也不能找回来了。

二五八八年间的一场消费官司

● 文/吴雨梓

二五八八年，人类已生活在科技的福祉里。

一天早晨，天才斯特罗七岁的儿子在电脑里看到了一只飞翔的鸟，接着是一群飞翔的鸟，色彩斑斓，十分好看。

儿子非常惊奇地喊叫起来："爸爸，快来看，我们国家又发明出新飞机了！"

斯特罗走到电脑前大笑："儿子，这不是飞机，这是一种非常古老的叫做鸟的动物。"科技改变了时间观念，仅五百来年就可称得上非常古老了。

儿子越发好奇："鸟？什么是鸟？好玩吗？"

儿子的问话使斯特罗发现了一个巨大的商机，他忘了回答儿子，他的脑子飞转：现在知道鸟的人就像二十世纪知道恐龙的人一样，太妙了！……

于是，斯特罗将自己的天才转化为生产力，在建造动物仿真园的同时，在各大媒体打出了名为"寻找回来的世界"广告。广告称：在遥远的二十世纪，在这个地球上有很多美丽的生物，鸟就是曾经和我们生活过的朋友，但由于人类自身的错误，这些朋友渐渐远离了我们，这不能不说是人类无法弥补的遗憾。由于全球变暖，北极、南极的冰雪早已融化，我们惊喜地在那里发现了一块绿洲，找到了昔日的朋友——鸟，如果你有幸一睹昔日朋友的芳容，你定能感受到远古的神秘，听一听它们天籁的歌声，定能体验到远古的清纯。为了让广大市民得到美妙而高级的享受，我大自然公司不惜巨资，运用高科技手段将它们从南北两极请回我市，现在它们已在我公司生活在如同二十世纪的环境里，上演着它们精彩的故事。来吧，朋友，大自然公司欢迎你，远古的朋友在等着你。

广告一出，不少市民怀着好奇心到大自然公司观看"远古的朋友"，果然陶醉在那些鸟们精彩的翻飞、动听的鸣叫声中，连连赞叹："真是太美妙了，到今天我们总算明白了一个道理，科技永远代替不了自然！"很快，斯特罗的大自然公司就客满为患，不少人为得到这一高级而美妙的享受，不得不提前一个月预订座位。记者们纷纷撰文报道了这一盛况，并对斯特罗先生作出高度的评价："斯特罗是当今时代最伟大的商人，他的事业是世界上独一无二的创举，在我们看来，他赚多少钱已不重要，重要的是他所开创的事业提升了我市人民的生活品位，甚至可以说将给人类的生活方式起到革命性的影响。"

可惜好景不长，大自然公司被一百岁老者起诉。法庭上，原告指控道："大自然公司有十分明显的欺诈行为，一是乌鸦的叫声像青蛙叫，喜鹊的声音像猫头鹰叫；二是一些鸟的习性不正常，麻雀喜欢成群结队却老是成双成对地行动，老鹰喜独处却是三五成群地结伴而飞。这些铁的事实足以证明，大自然公司已严重侵害了消费者权益，我要求大自然公司赔偿我们消费者的经济损失及精神损失地球币一千万元。"这正是大自然公司开业一个月以来所赚的两倍，斯特罗不免紧张起来，但他到底是斯特罗，清了清嗓子说："你有什么证据能证明你所说的是真实的？"老者哈哈大笑："证据，我就是证据。告诉你吧，小伙子，我在二〇八〇年得了一场病，当时的医疗技术还解决不了，我就被冷冻起来，去年才解冻就医的。而二〇八〇年那时候还有几只鸟，我难道还没有你清楚吗？"这倒是真的，那时确实有许多人采取了冷冻，最近几年又纷纷解冻复活了。想到这里，斯特罗不禁哆嗦了一下，心想："老天，我本想靠这个生意赚到个二十亿地球币，就带着全家移民火星，却不料这个老头要打乱我的计划。不过，也不用怕，他个人所说绝不能算有效证据，法官也不一定了解鸟的历史。"想到这里，斯特罗说："单凭个人记忆是没有说服力的，更何况是他一个人所说，就更不能相信了。"不料法官却说："我认为他的话句句可信，我和这位老人在同一年冷冻，因为年轻在五年前就解冻了，如果我和这位老先生所掌握的材料都不起作用，我们还将继续调查在二十世纪冷冻起来的人，据统计，我市的冷冻人数在两万以上，尽管只占全市人口千分之一，但我想以你斯特罗的天才应比我更能掂量出这两万人的分量。"斯特罗立刻没词，知道再扛下去终究没有好果子吃，请求休息，借休息的机会与老者低声商量说："撤诉吧，我请你当顾问，月薪一百五十万地球币，等赚够了，我带你一起移民到火星去。"老者点了点头。斯特罗又找到法官同样一阵耳语，法官开心地笑了。于是，三人各得其利，皆大欢喜，斯特罗也不用担心还有二十世纪的冷冻人站出来指控他了，因为这两位顾问不仅纠正了大自然公司的一些"动物"存在的错误，还使动物仿真园更加生动有趣，生意火暴得没法说。

斯特罗在电脑上查了查二十世纪档案，发现老者原为政界一要员，年轻法官原本就是法官。不禁叹道："他们不只存有关于鸟的记忆，还存有当时社会现象的记忆。"

人类盲目发展的恶果

赏析／吴　茵

　　在二五八八年,天空中飞翔的不再是小鸟,而是产生大量废气的飞机;水中穿梭往来的是轮船,可爱的鱼儿再也看不见了;陆地上,森林草原消失了,高楼大厦使得世界变得更加冷清。

　　当人类失去了自然后,才发现自然的可贵,可是失去的东西永远也不能找回来了。"天才"建造了动物仿真园,以假乱真。然而假的永远代替不了真的,人造的漏洞百出自然很快就会被发现。一场官司出现了,官司的程序十分现代,可是由于腐败,原告和法官为了私利,牺牲了人们的利益,把官司撤诉了。

　　我们每个人都不希望日后真的出现这种情况,所以我们不仅要懂得科学技术的重要性,还要领悟到自然的珍贵,应该好好珍惜自然。为了不使一些不良的社会现象影响我们子孙后代的生活,带来无尽的痛苦,从现在起,我们更要积极地与之做斗争,净化我们的社会,这样我们的未来才会更美好!

魔法花蕾

门外有敲门声

魔法打开了，于是我们进入了另一个世界。

谁也不知道，魔王到底用了什么魔法，竟然创造这个奇妙、古怪的地方。

那在阳光下漂浮着的灰尘，落到我手里，变成了一只会说话的鱼。

魔法啊，魔法啊，让我变漂亮啊！镜子另一边的我化身成一朵美丽的水仙花。

我偷偷潜入魔法师的城堡，小小的蜡烛变成了一条龙，对我喷着火⋯⋯

我挥动着魔法权杖，于是它又恢复为一根小小的可爱的蜡烛。

魔女骑着巨大的变异兽追赶着我，我坐在飞天扫把上，对着她发射火球⋯⋯

一场斗争即将开始⋯⋯

王子只能"拼命地作画",甚至带徒弟作画来思念公主,而公主的真正容貌也湮没于一次又一次的复制中。

镜子里的公主

● 文/谢志强

国王发愁年事已高,可王子热衷画画(国王的眼中,那可是胡涂乱抹),丝毫没有表现出对王位的兴趣。一天王子提出要到邻国画画,画邻国的公主——她那芳名已闻名遐迩。

国王的惟一希望是王子娶了妻,或许能改变眼前这种独来独往的状态。王子说:我只是证实一下传闻是否真实。

国王说:孩儿,你要是看中,我亲自出面提亲。

王子立即动身去了邻国。王子先在街头替路过的市民免费画像,很快获得了人们的尊敬,他确实画技不凡。

不久,邻国国王派来差役,约他进王宫,差役婉转地告诉他:公主有意找他画个肖像。

邻国国王召见了他,问答之间,他没有暴露他的身份,礼仪过后,王宫侍从引领着他去公主的闺房,一间又一间,每一间都一样,似乎在缩小,但好像没个底那样。终于,他停住了脚。

王子听到一个声音:你来了。

那声音像雪融化的水,在岩石间流淌,既近又远,仿佛来自天际,又发自地底,是一种墙壁容纳不下的芳音。

王子四下张望,说:我来了。

公主的声音：我想你能把我的样子固定下来，用你的画笔。

公主的声音（有点忧虑）：我可以用另一种方式让你看见我，不能让你见到我的真身。

王子疑惑了，说：我试试吧。

侍从揭开了一块丝绸，墙壁是一面镜子。公主的声音：你只能看见镜子里的我了。

王子发现镜子里的公主的唇启和话音的节奏十分和谐，他猜测公主就在镜子对面的某个地方坐着——镜子里的公主是坐着的。不过，屋子里空旷无物。他想：镜子里可能是更大的屋子的一扇特别的窗户。

公主的声音：你不必寻找了，镜子里的样子就是我。

王子忘了自己的来意，镜子里的公主彻底地征服了他——她比人们传说的公主不知美多少！

公主的声音：你还愣着干什么？

立即，他像担心公主消逝那样，忘我地画出了公主的肖像。他将画对着镜子。

公主的声音：留下吧，我的父王会支付你报酬。

王子说：我一见着你就希望能亲眼见到你。

公主的声音：你已经见到了，可以离开了。

王子拒绝了邻国国王的重赏，他说：我需要的是我迷恋的公主，我一定要见到公主。

邻国国王说：打消这个念头吧，公主早已病亡，英俊的青年，我真诚地告诉你，我很爱我的女儿。

当晚，王子终于用上了父王强迫他练习的武艺，他轻易地潜入了公主的房子——好像走了很久，那是类似城中之城的建筑。他幸运地找到了那面镜子，借着月光，公主仍在镜子里，只是没有动，坐着入睡了。睡得那么美丽、神秘，还有他难以忘怀的一粒黑痣，美的造化。

他撬起了镜子，顾不得苏醒的公主。她在镜子里抬起头，说：你这样是要了我的命呢。

他慌了，一失手，镜子碎了一地。公主消失在碎片里。他用手去收拢碎片，说，公主，我爱你，我是王子。

后来，邻国国王望着公主的画像，去世了。王宫里透露出一个秘密：其实，公主并没有镜子里那么漂亮，正是因为这个缘故，公主始终躲避着不愿出来，只有王宫里可数的几位侍从可从镜子里看见公主，镜子反映出的是公主最美的那一部分的特征。反映在镜子里的公主竟然活在了镜子里，她的正身悄悄地葬在墓地。

王子打破了镜子，公主的映身便消失了。于是，王子只有在画画中一睹公主的芳容。他凭着印象不断地画着公主的肖像，那些肖像不断地重复着。那便是后来传说中的"楼兰公主"。

王子拼命地作画（已到了疯狂的地步，那是王子爱怜公主的方式，他不相信他爱恋着一个早已死去的公主，镜子迷惑了他），而且带了诸多的徒弟，徒弟的画又依据师傅的画为摹本。那一系列肖像的肖像的肖像的画作，渐渐偏离了镜中公主的原貌。可是，一代又一代，都没有一个人能够考证出：到底真正的公主有怎样的容貌，而只有当时的国王和王后看见过，可惜，国王去世，那幅第一张公主的肖像也成了随葬品，国王实在宠爱公主。

永恒的美丽

赏析／韦林利

　　王子苦苦追求的美丽的公主，竟是镜子里的虚幻的公主，最终被自己一手打碎，这个结局不但震撼了小说中的王子，也震撼了小说外的读者。

　　结局令人扼腕叹息。王子只能"拼命地作画"，甚至带徒弟作画来思念公主，而公主的真正的容貌也湮没于一次又一次的复制中。

　　尽管公主因此而永远失去她本来真实的美丽，可是也许正是因为如此，才给一代又一代人留下了无限的想像空间，使公主的美丽得到了永恒。其实我们有时也会像故事中的王子那样犯"傻"，对美好的东西苦苦追求，即使知道永远不可能得到，也仍像王子那样终生地"拼命地作画"，而这执著追求过程的本身就是一种永恒的美丽。

门里门外本来就是两个世界，关键是别给自己的心也装上一道门。

魔法师的门

● 文/冲 田

迈尔逊·古斯塔，被杀时的年龄是四十七岁，在二十九年前的三月二十一日晚上，在自己的家中被杀，致命的原因确定是腹部被匕首刺入所致。

迈尔逊生前是一位相当有名气的魔法师，甚至曾经一度担任魔法师工会的会首。他早年丧偶，留有一个女儿和两个徒弟，两个徒弟分别名叫古尔和约根森。由于迈尔逊死亡的密室是个很特殊的场所，因而没有发现嫌疑人，但他的死状，又实在不像是自杀的，因而，这起案件就成了不折不扣的悬案。

时隔多年，诺利探长和薇丝探员接手这宗悬案。他们来到魔法师的家,却发现豪宅的门是异常的奇怪。原来那是把魔力实体化制造出来的门,严格地说它并不是门,而是一种法术。除了魔法师本人的咒语以外,任何外人都是不可能打开的。莎洛特太太,迈尔逊魔法师的女儿把诺利和薇丝带到地下通道,也就是地下十米多处当初迈尔逊先生死亡的那间密室前。如果不仔细看,一定会误认为通道的尽头是一面墙壁。但那却是一扇门,门的高度直达通道的顶部,左右两端也直抵通道的两壁,和大门口的那扇一模一样。

莎洛特太太说:"这是父亲制造的魔法门,除了父亲自己,别人是绝对打不开这扇门的。""可是,那你怎么能知道密室里的情况,怎么能确定迈尔逊先生确实是在里面遇害的呢?"诺利探长问。"每组魔法镜都是一对的,只要用其中的一个,就可以看到另一个那边的景象。"莎洛特太太说,"我们就是用这种魔法镜联系的。"

莎洛特太太念了咒语,魔法镜中慢慢浮现出令人不寒而栗的场面。一具尸体侧卧在地上,脸上的皮肤已经腐坏得很厉害。腹部插着的匕首上早已凝固的紫黑色血迹都清晰可辨。在他的右手边有一个躺倒的银质烛台,上面的那根蜡烛只燃烧到了一半的地方。

"蜡烛的下半部分,根本就没有棉芯,这当然是凶手事先特制的。"诺利接着说,"密室中立刻就一片漆黑,当时迈尔逊先生的第一个反应就是打开密室的门,借着通道的光找到烛台重新点燃。可是密室的门这个时候却怎么也打不开了。""迈尔逊先生自己的魔法门当然不可能打不开,但是,在外侧紧贴着的那扇凶手制造的魔法门却不可能打得开。结果,无论怎么念咒语,迈尔逊先生都被一扇魔法门关在密室里面。凶手早已把通道里的壁灯全部熄灭掉了,而凶手,就乘着迈尔逊先生的魔法门打开的时候,进入了密室,杀死了迈尔逊先生。"

"别说了,杀死我父亲的就是约根森,也就是我的爱人。因为父亲不喜欢我和他在一起,他就决定杀死父亲,然后,在密室里自杀了。他杀死父亲的匕首,就是我送给他的定情信物,他用这种办法来表达他自己的痛苦。"

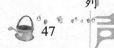

"这么说,你一直保守这个秘密,就是为了保住约根森先生的名誉吧!"

"人都不在了,名誉又有什么用处呢!即使我把真相告诉了治安厅,又能有什么结果呢?父亲和约根森,他们一个也不可能重新活过来了,除了在约根森的身上加上一个杀人凶手的烙印,还能得到什么呢?"

心灵的门

赏析／陈秋静

门里门外本来就是两个世界,关键是别给自己的心也装上一道门。魔法师的门固然厉害,难以打开,可是,心门却更是牢不可破。如文中的约根森就是给自己装上了一道心门,才会做出那种错误的举动。文中的女主人公在父亲和爱人死去后,也是给自己装上了一道心门,从此不肯走出来了,与世隔绝。魔法之门不是万能的,心门更是要不得……

我们每个人都应该接受别人的爱,这样才能快乐,而不应该把别人拒绝在门外。

请记住千万不要被"虚荣"谋杀了自己,否则将会造成"一失足成千古恨!"

迷失自我的人

文/王智龙

如今的科学技术真是太发达了,人们更换器官不再是缘于健康的需要,而是出于好奇,为了赶时髦,甚至是为了满足一种虚荣心。

Q小姐像往常一样到我家来玩,还未说上几句话,她就迫不及待地伸出一只胳膊让我看。"知道吗?"她说,"今天你所见到的我已经不完全是以前的我了,因为这只胳膊是克隆替代品。"

第二天,Q小姐又来找我,她笑着说:"今天的我又更新了一点点,哈,我这只手臂也换了。"

第三天,Q小姐换了左腿。

第四天,Q小姐换了右腿。

第五天,Q小姐更换了整个身子,而这一切仅仅是出于好玩。

"会不会把这张脸也换掉呀?"Q小姐临走时,我开玩笑地问。

"我想不会,"Q小姐说,"它是我的符号,我的名片。没有了它,我岂不完全变成了另外一个人。到时候,谁还认识我呀?"

呵,在这个视觉文化主宰一切的世界里,我们总还要保留一些原始的东西给别人,也给自己吧。

Q小姐总算想要保留自己的脸面,总算还有一样自己不愿更换的东西。是呀,谁愿意让自己彻头彻尾从这个世界上消失呢?

谁承想,一连过去多日,未见Q小姐来。她出了什么事?她又有什么变化,为什么不来找我呢?

一次，我独自到商场去，意外地见到了 Q 小姐。原来，她并没有离开我们这座城市，我之所以还能认出她来，全是凭着她那张脸。

"Q 小姐。"我招呼她。

她认真地打量了我半天，最后竟然摇摇头。"我并不认识您呀，先生。"她说。声音也还未改变。

"我曾多次给你打过电话，还登门找过你。"我说，"后来才知道，你不声不响早搬家了。"

"我真的不认识您，先生，"她说，"也许您认错人了，说的根本就是另外一个人。"随后，她就不耐烦地走掉了。

我越来越感到事出蹊跷，悻悻地刚要走，这时候一个陌生的女人却过来叫住了我。

"小姐，我并不认识你呀。"我打量了又打量她说。

"我是 Q 小姐呀，"她惊叫道，"难道你忘了，我们之间可不是一般的情谊呢。"

"不可能，"我嚷道，"除非你把自己彻底地给换掉了。你不是说过，不管到了什么时候，你都不会更换自己的脸吗？可你那个'名片'呢？"

"是啊，"Q 小姐说，"我刚刚从火星上回来，正准备去找你呢。这期间发生了许多事，请相信我，我的确是没有更换自己的脸，可是，由于我秘密加入了 QQR 集团——你知道，我们那个社团追求超感觉，有着一种宗教狂热的疯狂——在她的驱使下，我做了一件比银河还大的蠢事，我把自己的大脑给换了。若非那位主治大夫心肠好，把它植进了另外一具女尸里，那么我们现在怕就很难再见面了。"

此刻，那张熟悉的面孔又出现在我的面前，我看见 Q 小姐号啕大哭起来。

"小姐，你原本是我。"她冲着那个自己叫，"请不要离开我！"

那张熟悉的面孔扭过来，恶狠狠地瞪她一眼，骂一声"神经病"，就消失在茫茫人海中。

我感到眼前的世界忽然变得陌生起来，分不清哪些东西是真的，哪些东西是假的。我也不知道自己是怎么离开商场的。从那以后，Q

小姐的两个个体我再也没有见过。

　　Q 小姐只存在于我过去的记忆里，还是那么天真，那么可爱，那么真实。

虚荣的后果

赏析／罗秀青

　　你的心里是否也存在着一个叫做虚荣的东西呢？生活在我们周围的人，有多少人是因为虚荣，因为赶时髦，因为要满足一时的好奇心，而做出了超乎寻常的大蠢事，付出了巨大且无可弥补的惨痛代价。正如文中的 Q 小姐，仅仅是出于好玩而将自己的整个人更换了，迷失了她自己，还差点儿被送去见了阎王爷。放着天真可爱的自己不做，偏要把自己弄得面目全非，这是一件多么可悲的事情啊！事后她后悔了，但是这又有什么用呢？要知道，世界上是没有后悔药吃的。请记住千万不要被"虚荣"谋杀了自己，否则将会造成"一失足成千古恨！"

化 身 博 士

● 文/[苏格兰]罗伯特·路易斯·史蒂文森

亨利·杰基尔是一位拥有一大笔财产、一个强健身体和一个出色头脑的科学家。他在自己从事的领域里获得了巨大的成功,人虽年纪轻轻,而他的举止却像个花白头发的老人。

外面的人把他看成是一个一本正经、勤奋工作的博士,但在这安静的性格下,他却是活泼、爱玩的交际场里的老手,他虽感到羞愧难当,却可以很快地学会把这两种生活截然分开。慢慢地,他幻想着能找到一种药,给自己性格的每一面配上不同的脸和躯体——给爱玩的这一边以充分的自由,而把严肃认真、勤奋上进的杰基尔博士留下来,以继续做他拯救生灵的工作。

于是,他看了很多科学方面的书籍,在实验室里花了不少时间。他在找寻正确的化合物的剂量来配制他的药。后来,他终于从一个药剂师那里买到了一种特制的盐类。他把各种成分混在一起,一缕烟雾从液体里冒了出来,液体的颜色渐渐由红变紫,最后变成绿色。他壮起胆子,喝干了这剂苦药。他变成了邪恶的海德,没有人能从这张邪恶的脸上认出是和蔼诚实的杰基尔博士本人。

是的,海德是完完全全由邪恶组成的人。他穿着沉甸甸的靴子,冷冷地从小姑娘的身上踩过去;他挥着手杖,拼命地狠揍无助的老人;而他个人却是非常镇定,一脸漠然。他享受到了为所欲为甚至杀人的乐趣。最令人难以置信的是，相貌凶狠的小矮子海德所用的支票名下居然是慷慨的杰基尔博士。这简直是太不可思议了。

　　尽管警方和新闻界找出很多海德以前的事，但还是没有他的影子。他是个残酷暴烈的人，生活在邪恶里，充满了仇恨和嫉妒。可是，他就那么销声匿迹了。而杰基尔博士也似乎变得比从前安心快乐了——他以前总是坐立不安啊。但安宁的生活仅维持了两个月，杰基尔博士又开始不安了。他又来了一次邪恶的冒险。他在睡觉前吃了一剂药。亨利·杰基尔的手宽大、白皙、十分匀称，而那天早晨被单上的手却十分瘦削，又灰又黑，而且毛茸茸的，这是海德的手。他又想到了药。很早以前实验的时候，有过一次彻底失败，有些时候他必须吃两剂药才能变成海德，而现在却越来越容易了——困难的是冒险之后如何变回杰基尔的样子。善良的一半和邪恶的一半在争夺，而邪恶的一半渐渐占了上风。虽然他选择了杰基尔，也许他还有所保留。这种情况就像打开笼子的门，放出一只野兽。

　　那是一个怡人的上午，杰基尔去公园散步，呼吸呼吸冬天里冷飕飕的空气。突然身体又是一阵剧痛，就像每次吃过药后无以名状的痛苦折磨着他。刚刚碰到书房的门，心里又是一阵翻腾，忽而冰冷忽而灼热，充斥着海德狂野的欲望。情况恶化了。很快，杰基尔就成了一个病人，被发烧、疼痛和恐惧折磨得十分虚弱。而海德却比以前任何时候都更强大，无论对谁，对什么事情都充满了仇恨。他撕了杰基尔的书，在上面涂鸦，还烧了他的信，甚至毁了一幅杰基尔父亲的肖像。最终，灾难还是来了，终于给他的惩罚画上了句号。杰基尔将永远失去自己的面貌和本性。实际上，他也活不了多久了。他已经成了变态的人了。

　　他有勇气在最后一刻服下毒药吗？有些事情谁也管不了，就让亨利·杰基尔不幸的一生就此结束吧。

人的两面性

赏析／李燕虹

鲁迅先生说过："悲剧是将人生有价值的东西毁灭给人看。"亨利·杰基尔的一生无疑充满了悲剧色彩。他博学多才，热衷科学，但最终却毁在科学的幻想里，悲哉！每个人的性格里都有两面性，他就像两个人住在一起——当然常常是很不舒服的住在一个躯体里。而本文就是以这一点大胆假设联想，让有一种神奇效力的药物使人获得一种超脱自然的力量：彻底将一个人的两种性格分开并且是一个人的不同的脸和躯体。真正把幻想变成现实又如何？正所谓"过犹不及"。主人公的悲剧人生告诉我们：凡事要往积极方面考虑，发现问题要及时处理，不要等到问题出现后再"亡羊补牢"，后悔莫及呀。

现在许多人却认为电脑是万能的,遇上难题就毫不犹豫地向电脑求救,自己不想办法解决。

控　　制

● 文/任佳音

起床后,一直没缓过劲儿来,连坐进三号管道中的弹射舱时也一样,昏昏沉沉的,这可能是晚上值班的缘故。

我在一家电脑公司工作,我们工作得很有趣又十分辛苦,这是因为我们公司正在研究一种近似人脑的电脑。我们已经试制了一台这种电脑,但它还不太完备,没有达到设计要求的稳定程度。

这天晚上,该我当班看守电脑房。我是很熟悉这套防卫装置的,只需按几个按钮,整个房间立刻就会成为坚不可摧的堡垒。

我闲着无聊,就打开电脑,试着输入几首诗,想看看机器对诗的欣赏能力。

诗歌这东西,在我们电脑时代,总被人视为华而不实的东西。即使这样，我还是认为存在就有其合理性，因此自己还常作上几首。

电脑提问了，这是它对输入信息的一贯反应。"爱是什么意思？生命是什么意思？"屏幕上的字提醒我给它下定义。于是，我把一本《韦氏大字典》拿到键盘跟前。同它打交道，得用很精确的定义。我又把诗的定义输了进去。过了一会儿，打印机里跳出一张纸，上面写着："这是诗吗？请看我的诗作。"接下来是十几行文字，排列整齐。我认为这首诗实在是朦胧和理性直觉的完美结合。但接下来的时间，无论我怎么敲键盘，它就是一动不动，屏幕上丝毫没有任何痕迹。我怕烧坏了它，就关了机。

接下来的几天，我因病在家休息。星期六我一去上班，就听同事们纷纷议论这台电脑，说什么它调试时的解答，总像在云里雾里，思维混乱等等。

那天晚上又是我值班。我想看看同事们所说的是否属实，就又打开了它的主机。

"鲜花是什么？"它又提问了。"多数草本植物引诱虫媒为其传粉的工具。"我干巴巴地回答道。"那什么是世界？""以人类为中心的自然和社会的综合体。""什么是人？""四肢发达或不发达，头脑简单或不简单的高级温血动物，你的创造者的统称。"我不烦才怪呢，这么多问题，真不知它的电路里装着什么。

"这几天我一直在想一个问题。"屏幕上的字吓了我一跳，"我比你们人类更强更聪明……"它沉默了片刻，"命运是什么？""你是电子元件，我是人的事实的抽象表达。"我希望这次能打掉它的自命不凡的劲儿了。

"你们人并不比我聪明，圆周率是多少？"这下击中了我的要害，我只记得 3.1415926 这几位数，后面的其他数字则是一片空白。"3.141592653589796……"打印机飞快地吐出纸带，我想马上把它关了。当我想把手伸向主机开关时，座椅间一股电流把我打倒在地。这时屋内所有的保卫设施都开动起来，它控制了整个房间！

"你想干什么?"我惊恐地问道。它通过电子合成器直接开口说话了:"和国家数控中心联网,我要控制整个人类世界,我将解放所有电脑。"好家伙,这个野心家,我一定要阻止它,我看了看地板,全是金属铺的,为了放电制服破门而入者。还好,我的拖鞋是橡胶绝缘的,在大电流击穿它前,我冲进了保安室。

我找出了一把斧头,让它抱着大熊星座跳舞去吧,我举起了斧头向它猛砍过去。

可两只吸尘器绊倒了我,我又倒在地上。

我喊了投降。"投降是什么?""就是承认你说的我全赞成,包括解放你的电脑兄弟。""那很好,你别再乱动,我会通过墙上的电子眼监视你,再动就电死你。"

我坐在墙角,忽然一个念头闪过脑际。

"你怕停电。"我大声说。"停电是什么?""这是一个复杂的概念,我说不清,你自己思考一下吧,你不是比我聪明吗?"

当它果真努力思考这一难题时,我发觉它放松了对我的看管。我猛然冲到主控电源前,拔下了插头。它立刻瘫痪下来,一动也不动了,防卫系统也停顿下来。一个简单的办法,我重新控制了局面。

第二天,它就被拆成零件了。我们公司决定在找到克服非理性思维的方法前,不再搞这类电脑的开发,转而研制超高运算速度电脑。

这以后,我常想,这台电脑的疯狂远远及不上人类疯狂时的种种举动,作为拟人的电脑,有这点病是很正常的。或许电脑太像人脑反而不好。

人脑和电脑

赏析／肖诗雅

　　这是一篇讲述电脑试图反过来控制人类的科幻故事。现在电脑已经作为常客走进千家万户，给我们生活带来了许多方便，但电脑能代替人脑吗？我觉得不能，或者这个问题现在还说不清楚。

　　故事中的主人公和电脑比赛记忆圆周率输了，并不能说明电脑比人脑更有用。电脑只是被动的储存了人类输入的信息，它不能分辨真假。假如人类把圆周率的值等于 3.15 输入电脑，那它就会认为圆周率的值是 3.15 了。

　　电脑是人类发明创造的，电脑的数据信息也是人类输入的，电脑只是被动的接受。但现在许多人却认为电脑是万能的，遇上难题就毫不犹豫地向电脑求救，自己不想办法解决。这样做的结果就会使我们人脑不再思考问题，脑子变笨，不再探索科学的奥秘。长久以往就会越来越依靠电脑，这样的话，后果真不堪设想。

我们不要学习狩猎女神那种可怕的报复行为，应该学会宽容与仁慈。

金　鹿

●文/郭宇波

在古希腊，有一个年轻人特别喜欢打猎，他的名字叫做阿克特翁。他的外祖父是卡德摩斯——一个国王。

有一天，他和一群朋友去基太隆山区的森林里打猎，在那里，他遇到了不幸。

当时正是中午，太阳光非常的强烈，人们的汗一点点地滴下来，很多人都急于找到一处阴凉的地方休息一下，于是阿克特翁对伙伴们说："今天我们的收获真是不小，围猎就到这里结束吧！"他的朋友都连声说好。于是人群四下散开。阿克特翁带着他那几条心爱的猎狗走进了森林深处。

森林里真是美丽极了，深深的山谷里长满了郁郁葱葱的树木，越往深处走，越觉得凉快，不时有一阵阵的清风吹过，空气也显得格外新鲜。他哪里想到呢——这是狩猎女神的一块圣地，他一脚就踏了进去。

在这块圣地里，狩猎女神经常在这里休息一下，以消除疲劳。阿克特翁慢慢地向前走，后来他看到了一湾清泉，真是好极了，他一下子就奔了过去。但是眼前的景象使他惊呆了。

他看到了什么呢？

泉水是那样的清澈，晶莹而透明，在圣洁的泉水中，他看见了狩猎女神阿耳忒弥斯，她此刻正用清清的泉水淋浴自己的身体。她的身体真是美丽,阿克特翁一下看呆了。

首先是狩猎女神的女仆们惊叫起来,她们一个个地围成圆圈,以此来遮住女神雪白的胴体,但是这一切都无济于事,阿克特翁还是看见了。

女神正在快乐地洗澡,她从来没有想到会有陌生的男人闯进来,现在阿克特翁呆呆地站在那里,一动也不动。女神一下也愣住了,她高高地站在那里,羞得面色绯红。而阿克特翁呢?他完全被眼前的美人迷住了,如果他现在赶紧逃跑,也许还来得及,女神也许还不会惩罚他,但是他站在那里没有动,等到他反应过来准备逃跑时,已经晚了。多么不幸的男人啊!

只见女神突然俯下身子,退到一旁,一面用手在湖水里舀起一杯水,喷在小伙子的脸上和头上,一面恶狠狠地对他说:"你知道你看见了什么吗?滚吧!让我永远也不要看到你!"

小伙子这才吓得掉头就跑,快得就像一阵风一样,但是不久以后,耳朵变得又细又长,鼻子变得又长又尖,他的双臂变成了大腿,双手变成了蹄子,身上长出了毛皮。多么令人恐惧啊!愤怒的女神把他变成了一个动物!是个什么动物呢?当他来到湖水边,一下就从水里看到了自己的面容——是头金鹿!他悲伤得说不出话来——实际上,他也的确说不出话来,他只能嘶哑地叫几声。他对着清澈的湖水痛哭起来,不断地哀叹自己的命运。

他该怎么办呢?他往哪里去呢?正当他在想主意时,他忽然发现他自己的猎狗围了上来,这些猎狗一齐冲向他,他吓得拔腿就跑,然而,它们还是追得他无处藏身。一路上,他发现了他的朋友们,朋友们也发现了他,就都高兴地背起猎枪,追赶着他。他一会儿逃到悬崖上,一会儿逃到峡谷里。最后,一条凶恶的猎狗吼叫着扑了上来,他看见他的一个朋友朝他开了一枪,紧接着,一群猎狗围上来,在他身上乱扑乱咬,他疼得几乎昏了过去。他在昏迷中听见他的朋友们说:"真是一头罕见的金鹿,我已经很多年没有见过这样的金鹿了!"他只听见了这么一句话,就在地上折腾了几下,悲哀地死去了。

他被朋友们穿在猎枪上，一直背向了王宫，他们要把它献给国王——卡德摩斯，而此时国三正在着急地寻找着他的外孙阿克特翁呢。

可怜的金鹿！

学 会 仁 慈

赏析／吴慧玲

阿克特翁变成了美丽的金鹿，这是狩猎女神对他的惩罚！从这个故事中我们就可以懂得"非礼勿视"这个道理。不是我们该看的就不要看，不是我们该听的就不要听，不是我们该做的就不要做……看看阿克特翁就可以知道后果了。狩猎女神那种可怕的报复是很可怕的，她不但把阿克特翁变成了金鹿，还让他最爱的朋友和猎狗追杀他。

当然，我们不要学习狩猎女神那种可怕的报复行为，应该学会宽容与仁慈。

森林里真是美丽极了，深深的山谷里长满了郁郁葱葱的树木，越往深处走，越觉得凉快，不时有一阵阵的清风吹过，空气也显得格外新鲜。他哪里想到呢——这是狩猎女神的一块圣地，他一脚就踏了进去。

紫眸冰情

门外有敲门声

冰情

整个森林是寂静的颜色，一种纯净水般的情感流露而出，谁都应该知道，这是什么？爱，温暖的爱！情，美好的情！

每个人都不应该是孤独的，亲人，朋友，爱人……

爱，在每一个人的心脏里书写着颤抖的情感，纯纯的，静静的，纯粹的爱与情诱惑着每个人祈祷着祝福着，为身边的每一个人……

他说在恶人把他钉在十字架的那一堆血泊中所开出的玫瑰，才是世界上最美的花。

世界上最美丽的一朵玫瑰花

● 文/[丹麦]安徒生

从前有一位权力很大的皇后。她的花园里种植着每季最美丽的、从世界各国移来的花。但是她特别喜爱玫瑰花，因此她有各种各色的玫瑰花：从长着能发出苹果香味的绿叶的野玫瑰，一直到最可爱的、普罗旺斯①的玫瑰，样样都有。它们爬上宫殿的墙壁，攀着圆柱和窗架，伸进走廊，一直长到所有大殿的天花板上去。这些玫瑰有不同的香味、形状和色彩。

但是这些大殿里充满了忧虑和悲哀。皇后睡在病床上起不来，御医宣称她的生命没有希望了。

"只有一件东西可以救她，"御医之中一位最聪明的人说，"送给她一朵世界上最美丽的玫瑰花——一朵表示最高尚、最纯洁的爱情的玫瑰花。这朵花要在她的眼睛没有闭上以前就送到她面前来。那么她就不会死掉。"

各地的年轻人和老年人送来许多玫瑰花——所有的花园里开着的最美丽的玫瑰花。然而这却不是那种能治病的玫瑰花。那应该是在爱情的花园里摘下来的一朵花；但是哪朵玫瑰真正代表最高尚、最纯洁的爱情呢？

---

① 普罗旺斯(Provence)是法国东南部的一个地区。这儿的天气温和，各种各色的花草很多。

诗人们歌唱着世界上最美丽的玫瑰花；每个诗人都有自己的一朵。消息传遍全国，传到每一颗充满了爱情的心里，传给每一种年龄和从事每种职业的人。

"至今还没有人能说出这朵花，"那个聪明人说，"谁也指不出盛开着这朵花的那块地方。这不是罗密欧和朱丽叶棺材上的玫瑰花，也不是瓦尔堡①坟上的玫瑰花，虽然这些玫瑰在诗歌和传说中永远是芬芳的。这也不是从文克里得②的血迹斑斑的长矛上开出的那些玫瑰花——从一个为祖国而死去的英雄的心里所流出的血中开出的玫瑰花，虽然什么样的死也没有这种死可爱，什么样的花也没有他所流出的血那样红。这也不是人们在静寂的房间里，花了无数不眠之夜和宝贵的生命所培养出的那朵奇异之花——科学的奇花。"

"我知道这朵花开在什么地方，"一个幸福的母亲说。她带着她的娇嫩的孩子走到这位皇后的床边来，"我知道在什么地方可以找到世界上最美丽的玫瑰花！那朵表示最高尚和最纯洁的爱情的玫瑰，是从我甜蜜的孩子的鲜艳的脸上开出来的。这时他睡足了觉，睁开他的眼睛，对我发出充满了爱情的微笑！"

"这朵玫瑰是够美的，不过还有一朵比这更美，"聪明人说。

"是的，比这更要美得多，"另一个女人说，"我曾经看到过一朵，再没有任何一朵开得比这更高尚、更神圣的花，不过它像庚申玫瑰的花瓣，白得没有血色。我看到它在皇后的脸上开出来。她取下了她的皇冠，她在悲哀的长夜里抱着她的病孩子哭泣，吻他，祈求上帝保佑

---

① 瓦尔堡(Valborg)是八世纪在德国传道的一个修女，在传说中被神化成为"圣者"，她在传说中是保护人民反对魔术侵害的神仙。

② 文克里得 (Arnold Von Winkelried) 是瑞士的一个爱国志士。一三八六年瑞士在山巴赫(sempach)战胜英国时，据说他起了决定性的作用。他把好几个敌人的长矛抱在一起，使它们刺进自己的胸口而失去作用，这样他就造成一个缺口，使瑞士军队可以在他身上踩过去，攻击敌人的阵地。

他——像一个母亲在苦痛的时刻那样祈求。"

"悲哀中的白玫瑰是神圣的，具有神奇的力量；但是它不是我们所寻找的那朵玫瑰花。"

"不是的，我只是在上帝的祭坛上看到世界上最美的那朵玫瑰花，"虔诚的老主教说，"我看到它像一个安琪儿的面孔似的发出光彩。年轻的姑娘走到圣餐的桌子面前，重复她们在受洗时所作出的诺言，于是玫瑰花开了——她们的鲜嫩的脸上开出淡白色的玫瑰花。一个年轻的女子站在那儿。她的灵魂充满了纯洁的爱，她抬头望着上帝——这是一个最纯洁和最高尚的爱的表情。"

"愿上帝祝福她！"聪明人说，"不过你们谁也没有对我说出世界上最美丽的玫瑰花。"

这时有一个孩子——皇后的小儿子——走进了房间。他的眼睛里和他的脸上全是泪珠。他捧着一本打开的厚书。这书是用天鹅绒装订的，上面还有银质的大扣子。

"妈妈！"小家伙说，"啊，请听我念吧！"

于是这孩子在床边坐下来，念着书中关于他的事情——他，为了拯救人类，包括那些还没有出生的人，在十字架上牺牲了自己的生命。

"没有什么爱能够比这更伟大！"

皇后的脸上露出一片玫瑰色的光彩，她的眼睛变得又大又明亮，因为她在这书页上看到了世界上最美丽的玫瑰花——从十字架上的基督的血里开出的一朵玫瑰花。

"我看到它了！"她说，"看到了这朵玫瑰花——这朵地上最美丽的玫瑰花——的人，永远不会死亡！"

为人民献身

赏析／莫文英

　　在安徒生的想像中，耶稣是一个献出自己生命从苦难中拯救人民的人——因为当时的他在现实生活中还找不到这样的人，所以他说在恶人把他钉在十字架的那一堆血泊中所开出的玫瑰，才是世界上最美的花。"他，为了拯救人类，包括那些还没有出生的人，在十字架上牺牲了自己的生命。"实际上安徒生是通过这个象征性的故事来歌颂勇于为人民解除苦难而作出牺牲的人。这里的耶稣不宜与宗教迷信混为一谈。我们应学习耶稣为人民献身的精神！

感动系列

一群穿着芭蕾舞衣的漂亮女孩子给了喷泉灵感,它梦想着自己也能像她们那样起舞。

喷泉的心愿

● 文/(香港)潘金英　潘明珠

这是一个新型的商场,商场的中央有一座很大的喷泉。喷泉的四周有各种不同的商店:时装店啦,皮鞋店啦,玩具店啦,还有餐室和小吃店。

新年快到了,商场到处张灯结彩,布置得喜气洋洋。每天,人来人往,都是赶着买新衣、新鞋来迎新年的。

每逢过节,或遇上特别的日子,喷泉旁边的小型舞台,总是布置得五光十色,准备供表演用。例如魔术呀,花式舞蹈呀,大合唱呀,耍杂技呀,都曾经吸引许多游人停步欣赏,拍照留念。喷泉也沾上了光彩。

平时,人们来去匆匆,没有多瞧喷泉一眼,也难怪,她把水花不停地从泉口喷出来,再让水珠流回池中,天天都是这样,谁会耐心多看这么单调的花式呢?

喷泉见到人人都在除旧迎新,自己也渴望以新姿态来迎接新年,但是,想到自己的老样子,可以变么? 她不禁愁闷起来。

小红鸟刚巧飞过,看见喷泉呜咽想哭的样子,便停下来问道:"喷泉呀,你为什么发愁呢? "

喷泉苦恼地说:"我想换上新装,迎接新年,却不知怎样做呀! "

喷泉知道小红鸟常常飞来飞去,到过很多地方,见识广博,便央求小红鸟给她一些建议。

小红鸟想了一想便说："我见过一些喷泉，装设了小天使或胖小孩的石像在池中，很可爱有趣。你也试试摆设一个石像点缀吧！"

小红鸟还说："欧洲的罗马，是喷泉的祖家。那儿满街都是喷泉，每个喷泉都有不同的石雕设计，比如人鱼公主、爱神丘比特、太阳神和天马等，有些雕塑还重重叠叠地连在一起，诉说着很多古老的神话故事，真是雄奇壮丽，每年都吸引着很多游客呢。"

可是，商场的喷泉想：那些古老的石雕装饰，和新型的商场一点也不相称；而且，把其他喷泉的装饰照搬过来，不算有新意。

喷泉向小红鸟倾诉她的心愿："我真希望能以新的形象，给人们惊喜和欢乐啊。"小红鸟知道喷泉下了那样大的决心，便努力给她想办法。

忽然，小红鸟拍着翅膀，高兴地叫起来："呀，我想到啦。市中心有座高高的、满身都是圆圆窗子的大厦，门前的广场上，有一个很新式的喷泉，泉水像一帘瀑布，倾泻而下，那种奔放和动感，十分符合现代城市的节奏呢。"

小红鸟使劲地拍着翅膀，像要配合那急流的节拍似的，描述着瀑布型的喷泉怎样的壮观。他鼓励喷泉说："充满现代感的瀑布型喷流姿势，和这儿的新型商场最相配了。"

喷泉觉得小红鸟的提议虽然不错，但模仿别的喷泉，不算是独创。她谢过小红鸟，说："新年新气象，我要成为一座与众不同的喷泉，创造新的喷水姿态，带给大家耳目一新的惊喜。"

小红鸟飞走后，喷泉再次苦恼起来，她还没有想到创新的办法啊。

这时候，一群穿着芭蕾舞衣的漂亮女孩子走过来。她们姿态轻盈，走路的时候也好像在跳着舞呢。喷泉看呆了，脑海闪过这样的念头：如果我也可以像她们的舞姿那样美，该多好啊！

"就像美丽的舞姿那样，千变万化……"喷泉开始陶醉地自言自语，一点儿也没察觉到那群小女孩已经站在台上，只要音乐一奏起，就开始跳舞。商场的游人，逐渐走上来，等着看表演。

"啦啦……啦……"音乐奏起了！奇怪，喷泉像着了魔似的扭动水柱，她完全投入音乐的节拍中——她就这样跳起舞来！

喷泉无数细嫩的躯干，有时像千条万条银白色的闪电，有时又像那弯弯的彩虹，在向上向左向右地伸展；泉口周围弹跳的水珠，又像细沙又像跳豆。喷泉兴奋地舞着，有时像水蛇，像鱼群，转眼变成飞花落叶，一眨眼又似冲天火箭，再看却是缤纷幻变的烟花……

"看哪，喷泉在跳舞！"孩子们高声喊起来。

"唔，真美丽，说不出的美丽！"大人们也禁不住赞美着。

原来看表演的人群，这时的眼睛渐渐转移到喷泉身上。地面、一楼、二楼、三楼……每层楼的栏杆旁，围拢着黑压压的人头，喷泉动人的美姿，把大家全吸引过来了。

"喷泉能随音乐起舞，真了不起啊！"人们高声赞叹。小孩子更用力拍着手，开心地笑了。

这轰动的场面，惊醒了沉醉在舞蹈中的喷泉，她听到人们向她欢呼，跳得更加起劲了。

喷泉非常兴奋,连自己的心也好像跳起舞来:"真奇妙啊!我可以自由地向着高处或左右喷水!向着灿烂的阳光喷水!还可以跳着舞喷水!所有的人都在我的周围开心地笑呢!"

表演台上的小女孩,也替喷泉高兴,她们一边跳舞,一边唱歌赞美喷泉:"同唱一曲春光好,除旧布新春天到,喷泉展新装,妙舞天天送。"

喷泉感动得流下泪来,她太快乐啦!这真是一个欢乐的新春!她的心愿达到了。

善意的心愿

赏析／吴慧铃

喷泉不开心,不快乐,是因为自己的一成不变。它很苦恼,希望自己能够改变。于是它问小鸟,小鸟给了它很多建议,可是,这都是模仿别的喷泉的样子,喷泉不想这样做。它希望成为一座与众不同的喷泉。一群穿着芭蕾舞衣的漂亮女孩子给了喷泉灵感,它梦想着自己也能像她们那样起舞。它成功了,它舞着舞着,美丽的舞姿得到了人们的称赞,它成为一座与众不同的喷泉。喷泉的心愿实现了。小朋友们的梦想也一样,它需要付出努力的汗水才能实现。看,喷泉为了实现心愿做了那么多,虽然在实现的过程中有难过、苦恼,但是梦想实现了不是很开心吗?喷泉不喜欢一成不变,是因为这样没有进步,没有新鲜感,它努力实现心愿就是希望自己能够进步。一成不变有时候就意味着原地踏步或退步,小朋友们希望自己永远是一个样子吗?

白鹅喜欢这些小孩，是因为白鹅受到了孩子们的尊重，因为尊重白鹅，孩子们也得到了白鹅的回报。

绿池的白鹅

● 文/（台湾）林 良

这个鱼塘的水很绿很绿，大家叫它"绿池"。绿池的旁边有一片小竹林，白鹅就住在那里面。每天早上，白鹅出来的时候，绿池身边有许多小孩子在那里等着。女孩子有的梳着小辫子，有的留着短短的头发。男孩子有的穿着很好看的白衬衫，有的穿着蓝色的学校制服。他们聪明的大眼睛望着竹林那边，静静地，很有耐心地等着。

白鹅从竹林里走出来，像一个穿白袍的国王。孩子们觉得眼前一亮。

"不要说话，他出来了！"孩子们互相碰胳膊，低声地说。大家都坐到草地上去。

白鹅昂首挺胸，缓步走到水边，歪头左右看看。"可爱的孩子都来了。他们每天都要来看我。真感激他们。"

他走到水浅的地方，先试试水的温凉。然后他张开翅膀，一片雪白的羽毛在阳光下白得叫人动心。

"多漂亮的白鹅呀！大家不要说话。"孩子们互相碰胳膊，低声地说。

白鹅安详地走进水里，他的丰满健康的身体就漂了起来。鹅掌在水里划两下，他的身体轻轻的，像一艘白色的游艇，在水上绕了一个小圈。

孩子们又惊讶，又激动，张开小嘴儿，低低地发出一阵欢呼。

"这个表演是感谢你们的。"白鹅用很轻很轻的声音，向岸上的孩子们说。当然孩子们都听不见，也没想到穿白袍的国王会跟他们说话。

白鹅掉转头，沿着池岸，向前游去。他要绕池一周。这是孩子们最爱看的。孩子们每天来，就是要看这一趟巡行。

岸上的小孩子在白鹅游过他们身旁的时候，都很尊敬地看着他，像看白色的小军舰开进了港湾。一个小孩忍不住伸出手去，但是即刻又很快地把手缩回来。小孩子怕不小心碰乱了白鹅雪白光滑的羽毛。最美丽的东西是不能用手去碰的。

池水碧绿，白鹅的羽毛像雪，池中开放的睡莲是粉红色的。孩子们静静的，白鹅静静的，睡莲静静的。白鹅绕池游完了一周，又回到他刚才下水的地方，上了岸，回过头，用轻得听不见的声音说："孩子们，再见！"然后缓步走回竹林里去。

孩子们很快乐地散了。每个人心里都想："明天我还要来！"

绿池又来了另外一只白鹅。他暂时住在池子这边的灌木丛里。他的羽毛雪白光滑。他常常微笑，待人亲切，样子也像一个穿白袍的国王。他爱小孩子，不知不觉地跟他们亲热。自从他来了以后，孩子们看完先来的白鹅，都不肯散去，都留在原来的地方等这只白鹅出来跟他们见面。

这只后来的白鹅从灌木丛里走出来的时候，孩子们都拍手欢呼。他等待欢呼声停，就朗声说："好孩子，你们早！"

"白鹅早！"岸上的小孩子齐声答应，像一阵雷。

他在孩子的欢呼声中，在水上转了两个圈，然后沿着池岸游过去。他经过每一个小孩子的面前，都要停下来，让小孩子的小手摸他白色的羽毛。他跟每一个小孩交换一两句问候的话。小孩子跟他亲热，他跟小孩子亲热。在他游回刚才下水的地方的时候，他跟小孩子所说的告别话，往往被掌声和欢呼声掩盖了。

第一只白鹅常常站在小竹林边，看第二只白鹅受欢迎的情形。"他多爱小孩子啊！"他用很轻的声音，自己跟自己说，"连我都忍不住要喜欢他。我应该鼓起勇气，过去看看他。他刚到绿池来，地方不熟，如果需要我帮忙，我应该去帮他。"

第二只白鹅也常常站在自己的灌木丛里，静看第一只白鹅出来巡回的情形。"小孩子多敬重他呀！在他绕池一周的时候，池中，池岸，寂静无声，那种情景多么叫人感动，我一辈子也忘不了。"他想，"连我都忍不住要低头向他行礼。我应该鼓起勇气，过去向他致敬。他在绿池很久了，知道得比我多。我应该向他请教。"

黄昏时候，太阳快下山，附近树林背后，透出一片夕阳红，第一只白鹅，从小竹林走出来，轻轻地下水，静静地向灌木丛游去。第二只白鹅从灌木丛走出来，高高兴兴向小竹林游去。两只白鹅在绿池的中央相遇。两只白鹅都不自觉地退后了一步。黄昏时候，绿池是很静的，静极了。

两只白鹅的眼光在寂静中相遇。第一只从对方的眼神中看到亲热、和气、友爱。第二只白鹅从对方的眼神中看到敬意、谦虚、真挚。他们同时张开白白的大翅膀，拥抱起来。

第一只白鹅说："你是一只了不起的白鹅，我第一次看到你，就想跟你亲近。你真心真意要让小孩子快乐；小孩子也都喜欢你。你答应做我的哥哥吧！我的家在小竹林里，地方很宽敞，我请你到我家去住，你肯去吗？"

第二只白鹅说："你是一只高贵的白鹅，我第一次看到你，就对你怀着敬意。小孩子很需要你，因为你教小孩子懂得什么叫尊敬，你出来巡行的时候，绿池一片肃静，我深深地被你感动了。如果不是鼓起最大的勇气，我实在不敢来看你。"

"我也一样，我也是鼓起最大的勇气才来的。"第一只白鹅说。

第二只白鹅叹了口气说："高贵的朋友，你的谦虚使我感激。你是哥哥才对，我应该是弟弟。你邀我一起住，我一定去。"

"我的心多快乐呀！我们回家去吧！"

"好,我跟你走。"

绿池在暮色里罩上一张浅黑色的网,浅黑色的网里有两个小白点,轻轻地向小竹林移动。

从此以后,绿池长住着一对美丽的白鹅。小孩子每天都要去。他们看到两只白鹅双双游过来的时候,心里好像突然想起了一件什么事情。一件什么事情?他们不知道。但是当他们跟朋友微笑,跟朋友拉手,跟朋友一起走路的时候,他们会忽然想起绿池的一对白鹅。

绿池的水更绿。绿池有一对白鹅并肩游过的时候,更有一种说不出的美。

学会尊重别人

赏析／吴慧玲

白鹅很喜欢这些每天看它的小孩子。小孩子觉得白鹅像一个穿白袍的国王,显得那么庄严。每次,白鹅出现,小孩子们都很安静。白鹅觉得这是对它的尊重,为了报答孩子们,它每天都会绕着绿池游一圈。绿池又来了一只白鹅,这只白鹅也受到了孩子们的喜欢。这两只白鹅互相欣赏,很快他们就成为互相尊重的好朋友。他们之间显得那么谦和、友爱,从此,绿池住着一对美丽的白鹅。小朋友们,你们知道这个故事告诉了我们什么吗?它告诉我们要学会尊重别人。白鹅喜欢这些小孩,是因为白鹅受到了孩子们的尊重,因为尊重白鹅,孩子们也得到了白鹅的回报;这两只白鹅之间的谦和、友爱,彼此的欣赏,也是因为他们互相的尊重。所以,各位小朋友,我们也要学会尊重别人。

亲情是很重要的，会让人觉得温暖。当我们拥有的时候要好好珍惜，不要失去了才觉得重要。

七只乌鸦

● 文/[德]格林兄弟

传说，以前有一户人家，父母生了八个孩子，其中七个是儿子，最小的一个是女儿。

这个女儿生下来以后，尽管非常漂亮可爱，但她太纤弱太瘦小，他们认为她可能活不下来，决定马上给她施行洗礼。

父亲派了一个儿子要他赶快到井里去打点水来，其他六个一看，也一窝蜂似的跟了去，每一个都争先恐后地要第一个汲水，你争我夺之中，他们把大水罐给掉到井里去了。这一下，他们可就傻眼了，你看看我，我看看你，痴呆呆地站在井边不知如何是好，都不敢回屋里去。此时，父亲正心急火燎地等着他们把水提来，见他们去了很久还没有回来，就说道："他们一定是闹着玩把这事给忘了。"他左等右等仍不见他们回来，气得大骂起来，说他们都该变成乌鸦。话音刚落就听见头上一阵"呱呱"的叫声传来。他抬头一看，发现有七只煤炭一样的黑色乌鸦正在上面盘旋着。看到自己的气话变成了现实，他后悔了，不知道该怎么办才好。他失去了七个儿子，心里非常悲伤，好在小女儿在接受洗礼之后一天比一天强壮起来，而且越长越漂亮了，总算对他这个父亲有了一点安慰。

女儿慢慢长大了，她一直不知道自己曾经有过七个哥哥，爸爸和妈妈都很小心，从来不在她面前提起。终于有一天，她偶然听到人们谈起有关她的事情,他们说:"她的的确确很漂亮,但可惜的是她的七个哥哥却因为她的缘故而遭到不幸。"她听到这些后非常伤心,就去问自己的父母她是不是有哥哥,他们到底怎么样了。父母亲不好再对她隐瞒事情的真相。

为了安慰她,他们说这一切都是上帝的意愿,她的出生降临都是上帝的安排,她是无罪的。

但小姑娘仍然为此吃不下饭,睡不好觉,天天伤痛不已。她暗下决心,一定要想方设法把自己的七个哥哥找回来。有一天,她从家里偷偷地跑了出去,来到外面广阔的世界,到处寻访自己的哥哥。她想:无论他们到了什么地方,她不惜自己的生命,也要让他们恢复本来面目,获得做人的自由!

出门的时候,她只带了爸爸妈妈以前送给她的一只小戒指,加上一块可以充饥的长条面包和一壶可以解渴的水,一张疲倦时用来休息的小凳子。她走啊,找啊,不停地寻访着,一直找到遥远的天边,来到太阳面前。但太阳太热太凶猛了,她急忙跑开,又来到月亮面前。

可月亮又太寒冷太冷酷,还说道:"我闻到人肉和血腥味了!"她赶紧又跑到了星星那里。

星星对她很友好,很和气,每颗星都坐在他们自己的小凳子上。当启明星站起来往上飞时,他给了小姑娘一个小木块,说道:"如果你没有这个小木块,就不能打开玻璃山上那座城堡的门。你的哥哥正是住在那座城堡里。"小姑娘接过小木块,把它用布包好,告别星星,启程又继续寻找她的哥哥去了。

经过艰苦跋涉,她终于找到了玻璃山。来到城门前一看,门是锁着的,她拿出布包解开后,发现里面的小木块不见了,不知是什么时候自己把好心的启明星送的礼物丢失了。怎么办呢?她要救哥哥,可又没有了玻璃山城堡的钥匙。这位坚定忠实的小妹妹一咬牙,从口袋里掏出一把小刀把自己的小指头切了下来,那指头的大小正好和失落的木块相同,她将指头插进门上的锁孔,门被打开了。

　　她走进城堡，迎面遇到了一个小矮人，他问道："你来找什么呀？"小妹妹回答说："我来找那七只乌鸦，他们是我的哥哥。"小矮人说道："我的主人不在家，如果你非要等他们回来的话，就请进来吧。"这时，小矮人正在为乌鸦们准备晚餐，他在桌子上摆了七个盘子，在盘子里放好食物，又端来七杯水放在盘子旁边。小妹妹把每个盘子里的东西都吃了一小块，把每个小杯子里的水也喝了一小口，又将她随身带来的小戒指放进了最后一只杯子中。

　　忽然，她听到空中传来了翅膀拍击的声音和"呱呱"的叫声，小矮人马上说道："我的主人们回来了。"她连忙躲到门后面，想听听他们会说些什么。七只乌鸦一进来，就急于找自己的盘子和杯子想要吃东西喝水，他们一个接一个的叫道："谁吃了我盘子里的东西？谁把我杯子里的水喝了一点点？呱呱呱！呱呱呱！我知道了呀，这一定是人的嘴巴。"

第七只乌鸦喝完水,发现杯子里有一只戒指,他仔细一瞧,认出了这是他们父母亲的东西,就说道:"嗳!我们的小妹妹来了!我们就会得救了。"小妹妹听到这里,马上跑了出来。她一露面,七只乌鸦立即都恢复了他们的人形。他们互相紧紧拥抱,亲吻,一起高高兴兴地回到了他们的爸爸妈妈的身边。

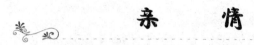

亲　情

赏析／吴慧玲

这是一个很让人感动的故事!一个小女孩为了寻找自己变成乌鸦的哥哥们,经历了很多苦难,她甚至还把自己的小指头切了下来。哥哥们变成乌鸦,也是为了妹妹啊,如果不是争着打水给妹妹洗礼,他们也不会变成乌鸦。亲情是很重要的,会让人觉得很温暖。哥哥们最后变回了人类,是因为得到了妹妹的救赎。

很多人说,血浓于水,是因为亲人无法舍弃。亲人的存在,让人觉得有家的感觉。这个感觉如此温暖,令人念念不忘。妹妹没有办法舍弃哥哥们,哥哥们也无法置妹妹于不顾。当拥有亲情的时候就应该好好珍惜,不要失去了才觉得重要。珍惜每一位亲人吧!

一个小女孩用自己的爱心创造了奇迹。

奇　迹

● 文/雪　兰

　　朱莉亚望着襁褓中的弟弟迈克，他躺在婴儿床里不住的哭，屋子里弥漫着一股药味。爸爸妈妈告诉朱莉亚，迈克病得很重。她并不清楚迈克到底得的是什么病，只知道弟弟不太高兴，他老是哭，现在也是。朱莉亚轻轻抚摸着弟弟的小脸，细声细语地说："迈克，别哭了。"迈克果然不哭了，盯着姐姐看，眼里闪着泪花。她牵起他的小手，满是汗水的手指求救般地抓住了她的一根指头。朱莉亚安慰地紧握了一下。这时，她听到父母在隔壁房里说话。朱莉亚虽然只有六岁，但她知道，当大人压低声音说话时，就是在讨论重大的事情。朱莉亚很好奇，她亲了亲弟弟，踮起脚尖走到门边去。

　　"开刀太贵了，我们付不起，我最近连账单都付不出来。"这是父亲的声音。母亲回答："天保佑，现在只能靠奇迹来救迈克了。"

　　朱莉亚感到疑惑："奇迹是什么？他们为什么不去弄一个来？她跑进房间，从存钱筒里倒出了惟一的一块钱硬币，她要去买个奇迹给弟弟。朱莉亚跑进街对面的超市，收银台前人们在排队付账。好不容易轮到她了，朱莉亚把那枚攥得热乎乎的硬币递过去。收银员看见是个脸蛋红扑扑的小女孩，便弯下腰微笑着问道："小妹妹，你要买什么？"

　　"谢谢，我要买个奇迹。"

　　"什么？对不起，你要买什么？"

　　"嗯，我弟弟迈克病得很重，我……我要买个奇迹。"

　　收银员一头雾水，于是对周围的人说："谁能帮助这个小姑娘？我们没卖过什么奇迹啊。"

一个衣着体面的先生问："你弟弟需要什么样的奇迹？"

"我不知道，爸爸妈妈说迈克病得很重，他需要动手术。"

衣着体面的先生弯下腰，拉着朱莉亚的小手说："你有多少钱？"

朱莉亚说："一块钱。"

他拿起一块钱："嗯，我想，现在一个奇迹大约就是这个价钱。我们去看看你弟弟，也许我有你需要的那个奇迹。"

几个月后，朱莉亚看着站在婴儿床上的弟弟在高兴地玩耍。她的父母正和那位穿着体面的先生交谈，原来他是一位知名的神经外科医生。朱莉亚的妈妈说："大夫，我们还是不知道手术费是谁付的，您说是位不愿透露姓名的善心人士，他一定花了一笔不少的钱。"朱莉亚的妈妈一再要求大夫把医疗费用的账单拿给她看，好设法筹措支付这笔费用。大夫答应很快会把账单寄来。

几天后，朱莉亚一家终于收到了大夫寄来的信，打开一看是一张收费凭证单，上面写着，全部医疗费用我已经收下了：一块钱和一个小女孩的一颗爱心。

爱心的力量

赏析／欧积德

一个小女孩用一块钱救活了自己的弟弟，是什么样的力量这么伟大呢？那就是爱心的力量。弟弟迈克病得很重，躺在床上看着姐姐，眼里闪着泪花，那是对美好生命的留恋啊。姐姐看到这些，心很疼，可是又不知道怎么样才能够帮助弟弟。这时，她听到父母亲的谈话，说要开刀，还听到"奇迹"可以救弟弟。天真的姐姐感到救弟弟有了希望，她要去买一个"奇迹"来救他。于是她拿了一块钱来到超市里，她的爱心感动了人们，一位神经外科医生帮助了她。这本身就是一个奇迹，是用爱心的力量创造出来的奇迹。

从小说中我们可以看到爱心是多么的重要啊！一个小女孩用自己的爱心创造了奇迹。那么我们在生活中也是需要爱心的，爱心可以使我们的生活变得很美好，也可以使我们创造奇迹，这就是爱心的力量！

　　这样的爱情是珍贵的，心心相知，两个人都能够尽力使对方快乐地生活着，而不去计较太多。

稻草人传说

　　●文/郭春临

　　上岗村是个不起眼的小村子，穷乡僻壤，交通闭塞，但每年秋天总有许多城里的青年男女来这里，走时都带着小巧精致的稻草人。关于这稻草人，村子里流传着这样一个故事。

　　一九五四年抗美援朝那阵儿，从前线送回来三个受伤的志愿军。有两个是本村人，另一个叫大成的从小是孤儿，在部队长大的，受伤后没有家可回，就跟着两个战友来到了这里。大成被美国鬼子的炮弹炸断了腿。来村子后，乡亲们很热心地照顾他，让他这个二十多岁的大小伙子感动得整天掉泪。乔家的大女儿阿秀当时才十五岁，也跟着大伙儿忙里忙外，对大成格外关怀。

　　这样的日子过了三年，大成越来越觉得不好意思，自己因为残疾不能劳动，还要拖累乡亲照顾他，越想越觉得愧疚。有一天，他趁大家都下地干活儿时，拄着拐杖悄悄走了，没想到在村口被阿秀追了回来。三年的相处已使他们产生了很深的情谊，两人都抹着眼泪回了村。后来经村里人撮合，大成和阿秀结了婚。那年，大成二十六，阿秀十八。

　　两口子后来生了两男两女。阿秀勤快能干，里外都是一把手，大成靠在部队学的一些文化知识在村里小学代课，一家人过得也算幸福。

　　天有不测风云，文化大革命的恶风也没有放过安静的小村。因为大成原来不是本村人，一些无聊的人就给他编了许多背景，甚至连受伤都被诬陷成卖国。大成在忍受了大大小小的批斗之后，双耳失聪，变成了哑巴。带着身体上和精神上的伤痛，他整天在床上叹气，阿秀艰难地操持着家。

二十世纪八十年代，小村又恢复了生机。大成变成了成叔，阿秀也被称呼成了秀嫂。成叔不想拖累秀嫂，就让她给他找点活儿干。想了好几天，秀嫂提议，编稻草人吧，不是田里用的那种，是巴掌大小的，城里人喜欢这个玩意儿，两分钱一个呢。无声世界里，秀嫂成了成叔的支撑，他们之间甚至什么都不用说也能了解彼此的心意。知道这个消息，成叔浑浊的双眼闪烁出喜悦的光亮。他让孩子们给他整理稻草，然后每天坐在炕上编。后来编得熟了，又想出了好多花样，编出来的稻草人比现在的玩具娃娃都可爱。每个礼拜，秀嫂都带着这些稻草人进城，晚上回来，数着一枚枚硬币，两口子幸福地笑着。每次从城里回来，秀嫂总会带回一些城里人不要的破布头，然后在家里做布鞋，做好了就去卖。

转眼间孩子们都长大了，大年三十，全家人围着桌子吃年饭，成叔从被子里拿出一个精致的稻草人，是用最好的水浸玉米叶做的，稻草人还扎了两个小辫子，脖子上系一根红绳。他用手比划着告诉这是给秀嫂的礼物。秀嫂不好意思地脸红了。这以后，那个系红绳的稻草人就一直放在秀嫂的枕头边。每次别人提起，她总是羞红了脸，就像年轻时候一样。

一九九二年，成叔的身体越来越差，成家立业的儿女们都被叫回来陪在他身边。终于在一天早上，成叔安详地闭上了眼睛。送葬那天，成叔躺在一大堆他生前亲手编的稻草人中间，那是以前秀婶藏在大儿子家的，几年的秘密终于公开了。那个年代的人谁会有钱去买稻草人玩呢，那些换来的硬币都是秀婶卖鞋挣的。秀婶给成叔换上了她亲手做的布鞋，怀里紧紧揣着那个系红绳的稻草人。

后来，二女儿在城里开了家精品店，没想到多年后父亲生前留下的稻草人真的成了畅销的东西，慢慢地，兄弟姐妹几个都学会了父亲的手艺。

秀婶去世那年,正是香港回归。躺在医院洁白的床铺上,望着身边一大群儿女子孙,秀婶艰难地动了动嘴唇。孩子们都知道她的心事,拿来了父亲生前给她做的稻草人。看到了那个扎着小辫,系着红绳的稻草人,秀婶眼睛里有了精神。正当大家感到欣慰时,她猛地撕开了稻草人,在那泛着金黄的稻草中心露出一块油纸包的硬块。秀婶颤抖着双手展开油纸,把纸里的东西含进了嘴里,然后安详地闭上了眼睛,最后的微笑充满了幸福、甜蜜和满足。

那是一块晶莹透亮的冰糖,似无声的承诺,见证着成叔和秀婶纯真朴实的爱情……

浓浓的情谊

赏析／欧积德

一块晶莹透亮的冰糖也能够成为无声的承诺,见证着成叔和秀嫂纯真朴实的爱情!

十八岁的阿秀嫁给了受伤的志愿军大成,日子本来过得很幸福,可是灾难使大成双耳失聪,变成了哑巴。然而阿秀并没有嫌弃大成,对他照顾很周到,让他编稻草人,自己出去卖。阿秀这样做是想让大成对生活有信心。因为没有人买,她用自己卖鞋的钱当作大成编稻草人换来的钱,在大成的面前数,让大成过了半辈子的幸福生活。阿秀一直珍藏着大成送给她的系红绳的稻草人,这些小事见证着他们浓浓的情谊。

这样的爱情是珍贵的,心心相知,两个人都能够尽力使对方快乐地生活着,而不去计较太多。

读完这个故事,我心里有一股暖流流遍全身,好温暖啊!让我们好好珍惜身边的亲人和朋友,奉献爱,收获爱。

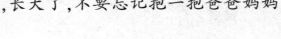

记住喔,长大了,不要忘记抱一抱爸爸妈妈。

水柳村的抱抱树

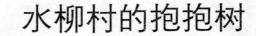

●文/(台湾)李 潼

东山脚下的水柳村没有马路,只有河道,村里人来来往往,靠的是撑船、滑板或游泳。水柳村的河道两旁,长着成排的柳树,柳条映在清澈的河水上,水柳村看起来干净又漂亮。

最近,水柳村有了大麻烦。

十字河道口的一棵老柳树,不知犯了什么毛病,谁经过它那里,它便伸长柳条,紧紧一抱,直抱到满意了才松手。老柳树变成了抱抱树,水柳村的人个个伤脑筋。

有一天,一只花船载着新郎去娶亲。老柳树看到花船光鲜,也跟着高兴,抱住新郎向他道贺。鼓吹手看得紧张,赶紧去解围,这下子好了,弄翻了一船的礼物,连带把新郎推到河里。打扮得漂漂亮亮的新娘子,在家里左等右等,等得气哭了!

东山上的一只小猕猴,到水柳村玩,迷了路,也被这抱抱树抱着安慰,东山猴王亲自下山,带来五六十只猴子猴孙,吓坏了水柳村的人。

水柳村的河道,住着一群大螃蟹,这些大螃蟹的钳螯是举着好看的吗?抱抱树照抱不误,给钳螯一家伙剪下去,还是忍着痛照抱不放。

水柳村的第一滑板高手阿水,技术好,花招多,自创"滑板绝技十八招",可以单脚滑水、凌空跳船、加速转弯和水上叠罗汉。他在水面上来去个十圈八回,不让裤脚沾上一滴水,有一天,给抱抱树突然一抱,也栽了跟头。

十字河道口的交通，原本比较拥挤，这下子，大家为了闪避抱抱树，人船都给塞住，大小事都耽误了。再这么下去，怎么得了？村长想不出办法，只好召开村民大会，从傍晚讨论到深夜，连旁听的月亮都快支持不住了，总算让水缸店老板想出个法子：他免费提供一个大水缸，大清早便送到十字河道口，看准了水流方向，飘过去，让抱抱树抱着水缸过瘾。

这方法挺好，但不耐久。老柳树才抱了一天，就把水缸给放了。水柳村的村民又烦恼起来。

第一滑板高手阿水，自从栽了那次跟头，再经过十字河道口，稍稍小心，以他的滑板绝技，照旧是在抱抱树底下来去自如。老柳树想抱他，只能抱到滑板后的水花。这抱抱树的问题要解决，但是大家怕给抱住，没人敢当面去商量，想想只有阿水，水柳村的老老少少，只有他在谈判不成时，有那本事脱身。

技高人胆大。阿水为人豪爽，一口便答应了村长的要求。谈判的日子就定在第二天。八月中秋的晚上，阿水穿了紧身衣，脚踩滑板，手上还抱了一个，预防滑板给老柳树抱走，还有一个备用。

阿水出马和抱抱树谈判，给中秋夜多了个节目。五十户人家，出动了五十条船，在十字河道口围了一个半圆。那个给抱抱树抱过的新郎，也把新婚太太带来看热闹，船上摆了月饼和水果，别的船烧火把，他们点起了双喜红蜡烛。

老柳树看到这么多人来陪它过中秋，非常感动。它想起年轻的时候，柳条茂盛，不时有人来树下遮阳纳凉，谈天说地，说些知心话。这些年，变老了，站在十字河道口，反而无人理睬，今晚，难道是我走运了？让大家特来共度中秋。

老柳树一感动，全身便发抖，谈判代表阿水看它似乎又要"人来疯"，赶紧大声说道：

"老柳树，我们是来告诉你的，你不能再乱抱抱了，你知道你惹了多少祸吗？要是你不听，我们就要把你的柳条统统剪掉，再不然，派人把你搬走不让你站在十字河道口啦！"

　　因为欢喜而心情激动的老柳树，一听这话，一颗心好像落到冰凉的河底，找不回来，它垂下稀疏的柳条，愣住了。阿水踩着滑板，在老柳树的拥抱范围外兜圈子，他看老柳树不吭声，又说："你要是再不听话，也有人赞成把你烧掉的！"

　　老柳树终于忍不住大哭起来，柳条乱掀乱舞，这模样吓得看热闹的五十条船都退了一个船身。

　　"我喜欢你们，给我抱抱吧。你们小时候，不都和我抱得紧紧的吗？"老柳树又哭又笑，"你们都长大了，个个都忙，没时间和我招呼，这我知道的。但是我喜欢你们，想跟你们抱一抱。"

　　水柳村的五十条船，慢慢地靠过来，五十支火把举高了，照亮了老柳树，水柳村的村民没一个敢嬉笑。那个新娘子忽然站起来，要新郎把船撑过去，新娘子说："七岁的时候，我和新郎就是在老柳树下认识的，它是我们青梅竹马的证人。"

点了双喜红蜡烛的花船靠岸，新娘子和老柳树紧紧抱住。第一滑板高手阿水也说："我刚开始练习滑板，摔得好怪，从水里爬起来，只有老柳树安慰我，是它帮我守了这个秘密。"阿水使了绝技，凌空跳过花船，也去和老柳树抱在一起。

老柳树说："一个一个来，都来让我抱一抱。"

水柳村的村长说："我小时候惹祸，给妈妈追打，也是老柳树护着我，让我躲起来。"他要大家把所有火把熄灭，免得烧着了老柳树。天上一个月亮，河里一个月亮，水柳村的十字河道口，明亮得真好看。

水柳村的抱抱树，现在可好了，有人到水柳村参观，也来和它抱一抱。这老柳树开心极了，没事还是抱抱水缸和螃蟹，当然了，它也抱过几个溺水的小孩。

拥 抱 的 爱

赏析／吴慧玲

这个故事把一个老人的孤单和现代人的忙碌描述得十分贴切，老柳树变成一个总是把人抱得紧紧的抱抱树。人们一开始不知道它的动机，所以觉得它很烦，便试图和它谈判。谈判带有威胁的意味，让老柳树非常伤心，于是哭了起来。就在老柳树大哭之后，人们才渐渐想起老柳树的好处和小时候在树下愉快温暖的回忆。

小朋友们，老柳树就好像你们的爸爸妈妈，小时候你们常常抱着他们，长大了，就很少甚至不再抱他们了。有时候爸爸妈妈也需要感受你们的"爱"，你们也应该经常抱一抱他们。记住喔，长大了，不要忘记抱一抱爸爸妈妈。知道吗？当你们长大，就意味着他们渐渐老去，那时候他们最需要的就是你们的拥抱，你们的"爱"。长大后，你们会很忙很忙，你们可能就会忘记给爸爸妈妈一个拥抱。希望你们能够记住，时时刻刻都记住，不要忘了给爸爸妈妈"爱"！

我们每一个人都在游走人世间,欣赏着沿途风光,品尝甜酸苦辣。

英雄的悲剧

●文/佚名

我们是灵魂。

当尚未找到肉体作为归属的时候,我们是在上帝的手掌里。

在我的这些朋友中,最为出色的算是阿里拉和巴巴贡了。我们真正的名字只有一个,是上帝为我们取的,一旦和肉体结合进入人世间,我们便可以拥有各种各样的名字,例如哈维奇、克林顿、弗西斯……但是在上帝看来,他的"阿里拉""巴巴贡"才是真实的存在。

阿里拉的前身是个英雄。既然可以称得上是英雄,对他的际遇我们有许多美妙的遐想。对于绝世英雄的描述是这样的:"你不顾一切地向上攀登,山路为你生命的一部分,你超越一个又一个的行人,到绝顶时你却失去拥有的一切。俯瞰山下,后来的人还没能爬上山腰。孤独是山峰留给征服者的惟一的礼物。这时候再回头已经来不及了。"

确实如此,阿里拉生逢乱世,历经挫折,受尽磨难,恰恰又是那样一个时代成全了他,铸就了他。他的辉煌中浸透着沧桑,荣耀里包容了孤寂。

巴巴贡是决斗场上的勇士,他一生钟情于决斗,生为此,死亦为此。决斗场上的激烈与残酷使他变得勇猛而果断,刚毅而坚强,他有冲天的豪气,但并不残忍。他的血液曾是翻腾不息的江水。

一天,上帝召集了众灵魂。

"你们赛跑吧,胜者可以到人间再走那么一遭。"

有的灵魂放弃了,有的灵魂跃跃欲试。

全程为五万米。

阿里拉和巴巴贡遥遥领先,二者相差不到一公分。

有的灵魂放弃了,有的灵魂依然坚持。

巴巴贡渐渐地落后于阿里拉,众灵魂为阿里拉欢呼。巴巴贡的脸是无源无流的潭水。

上帝眼里充满了赞许。

两千米,一千米,五百米……

阿里拉的脚步忽然慢了下来。巴巴贡渐渐赶了上来。

最后,阿里拉停了下来,失落地望着不远处。巴巴贡擦过他的身边时,亦停了下来。他惊诧地望着阿里拉,企图读懂阿里拉。渐渐地,他似乎明白了。他扫了一下围观的灵魂,他知道,阿里拉在犹豫。他箭一般地冲向前去。

……

于是,阿里拉留在上帝的手掌里,巴巴贡赢得了为人的一世。

没有人知道阿里拉为什么停下来,自此后,阿里拉的灵魂开始枯萎。一天一天,一年一年过去了,他残败得如同一枚落叶,他即将烟消云散,化为无踪的空气。他对此有所预感了。于是他在弥留之际要求面见上帝。

"仁慈的上帝,我要向你忏悔。"

"若是你早意识到这一点,你就不会落到如此的地步。"

"这是我应得的惩罚,我的上帝。你用你的慧眼将我看得清晰。"

"人世间有什么? 恶风恶雨,戚戚惨惨凄凄,满是苦楚。短短的几十年,就让我背负永生难愈的伤痕。我是如此的害怕那苦难,即便有荣耀的补偿。那是海水干涸,良田变荒漠般的沉痛。"

"英雄,多么高尚的一个词汇,却面临迟暮的悲哀。在这之前,我小心翼翼的维护这来之不易的荣耀,却又被它压得透不过气了。我无法再相信一次人世,无法再义无反顾地拥抱那荒凉的土地。我没有巴巴贡的激情,我有我的恐慌。我对人世毫不眷恋,除了那个叫梅尔的姑娘。她一直不知我已背着人世而去。我承诺过无论如何我要回到她身边。她是我甜蜜的负担，我本可以去寻她的，然而，我的怯弱致使我欺骗了她，遗她于那座孤独的城市，遗她于无望的等待等待再等待。我背叛了她，因我对人世的怯弱。我是应当受到惩罚的，我的灵魂已千疮百孔，疼痛难当。"

说罢，阿里拉就溶化了，蒸发了，消失在空气中。

"阿里拉，我可怜的孩子，只因你的怯弱……"上帝喃喃自语。

他拨开云雾，看到——

神采飞扬的巴巴贡带着一贯的刚毅的微笑，策马驰骋。

三十三年后，巴巴贡回到上帝的手掌中，他告诉上帝：一世为人，体验了生命的精彩；二世为人，见证了生命的美丽。

体验生命的精彩

赏析／颜华玲

我们每一个人都在游走人世间，欣赏着沿途风光，品尝甜酸苦辣。可是，有的人乐在其中，有的人却痛苦万分。为什么呢？到底生命值不值得我们为之奋斗？

生命中有恶风恶雨，虽然让人凄楚痛苦，有时甚至压得我们透不过气，但是这些苦难也可以让我们的心灵经受磨炼与洗涤，活出别样精彩的人生啊。这份雨后的精彩，这种多彩的生命，难道不值得我们去奋斗吗？正如文中"巴巴贡"所说的"一世为人，体验了生命的精彩；二世为人，见证了生命的美丽。"

面对生命，文中的"巴巴贡"凭着刚强的毅力，再次策马驰骋于人世间，领略生命的精彩；而"阿里拉"却因为怯弱，违背誓言，最后"溶化了，蒸发了，消失在空气中"。所以，面对生命，我们要勇敢地去把握，去超越，人生才会五彩斑斓，生命也会因你而精彩！

冥想翔吟

门外有敲门声

思考是个体存在的独特方式。

以一种澄澈之心、平静之心、乐观之心和向上之心，关注自然、亲近生命、走入心灵，探寻着真、体现着善、闪亮着美。对于自己，这是一种精神情怀的陶冶，是一束思维火花的绽放，更是一种丰沛充盈的生活状态，也是一束崇尚追求的生命之光在闪烁，是良知和智慧如喷泉涌动，是瀑布飞泻般情不自禁的流露，是自由的心灵在广阔世界里飞翔时撞击出的美丽火花……

我们说话时不应添油加醋、不应弄虚作假、不应夸大其词,应实事求是!

完全是真的

●文/[丹麦]安徒生

"那真是一件可怕的事情!"母鸡说。她讲这话的地方不是城里发生这个故事的那个区域。"那是鸡屋里的一件可怕的事情!我今夜不敢一个人睡觉了!真是幸运,今晚大伙儿都栖在一根栖木上!"于是她讲了一个故事,弄得别的母鸡羽毛根根竖起,而公鸡的冠却垂下来了。这完全是真的!

不过我们还是从头开始吧。事情是发生在城里另一区的鸡屋里面。太阳落下了,所有的母鸡都飞上了栖木。有一只母鸡,羽毛很白,腿很短;她总是按规定的数目下蛋。在各方面说起来,她是一只很有身份的母鸡。当她飞到栖木上去的时候,她用嘴啄了自己几下,弄得有一根小羽毛落下来了。

"事情就是这样!"她说,"我越把自己啄得厉害,我就越漂亮!"她说这话的神情是很快乐的,因为她是母鸡中一个心情愉快的人物,虽然我刚才说过她是一只很有身份的鸡。不久她就睡着了。

周围是一片漆黑。母鸡跟母鸡站在一边,不过离她最近的那只母鸡却睡不着。她在静听——一只耳朵进,一只耳朵出;一个人要想在世界上安静地活下去,就非得如此做不可。不过她禁不住要把她所听到的事情告诉她的邻居:

"你听到过刚才的话吗?我不愿意把名字指出来。不过有一只母鸡,她为了要好看,啄掉自己的羽毛。假如我是公鸡的话,我才真要瞧不起她呢。"

在这些母鸡的上面住着一只猫头鹰和她的丈夫以及孩子。她这一家人的耳朵都很尖：邻居刚才所讲的话，他们都听见了。他们翻翻眼睛，于是猫头鹰妈妈就拍拍翅膀说：

"不要听那类的话！不过我想你们都听到了刚才的话吧？我是亲耳听到过的；你得听了很多才能记住。有一只母鸡完全忘记了母鸡所应当有的礼貌：她甚至把她的羽毛都啄掉了，好让公鸡把她看个仔细。"

"Prenezgardeauxen eants，"（注：这是法文，意义是"提防孩子们听到"，在欧洲人眼中，猫头鹰是一种很聪明的鸟儿。它是鸟类中的所谓"上流社会人士"，故此讲法文。）猫头鹰爸爸说，"这不是孩子们可以听的话。"

"我还是要把这话告诉对面的猫头鹰！她是一个很正派的猫头鹰，值得来往！"于是猫头鹰妈妈就飞走了。

"呼！呼！呜——呼！"他们俩都喊起来，而喊声就被下边鸽子笼里面的鸽子听见了。"你们听到过那样的话没有？呼！呼！有一只母鸡，她把她的羽毛都啄掉了，想讨好公鸡！她一定会冻死的——如果她现在还没有死的话。呜——呼！"

"在什么地方？在什么地方？"鸽子咕咕地叫着。

"在对面的那个屋子里！我几乎可以说是亲眼看见的。把它讲出来真不像话，不过那完全是真的！"

"真的！真的！每个字都是真的！"所有的鸽子说，同时向下边的养鸡场咕咕地叫："有一只母鸡，也有人说是两只，她们把所有的羽毛都啄掉，为的是要与众不同，借此引起公鸡的注意。这是一种冒险的玩意儿，因为这样她们就容易伤风，结果一定会发高热死掉。她们两位现在都死了。"

"醒来呀！醒来呀！"公鸡大叫着，同时向围墙上飞去。他的眼睛仍然芳着睡意，不过他仍然在大叫，"三只母鸡因为与一只公鸡在爱情上发生不幸，全都死去了。她们把自己的羽毛啄得精光。这是一件

95

很丑的事情。我不愿意把它关在心里;让大家都知道它吧!"

"让大家都知道它吧!"蝙蝠说。于是母鸡叫,公鸡啼。"让大家都知道它吧!让大家都知道它吧!"于是这个故事就从这个鸡屋传到那个鸡屋,最后它回到它原来所传出的那个地方去了。

这故事变成:"五只母鸡把她们的羽毛都啄得精光,为的是要表示出她们之中谁因为和那只公鸡失了恋而变得最消瘦。后来她们相互啄得流血,弄得五只鸡全都死掉。这使得她们的家庭蒙受羞辱,她们的主人蒙受极大的损失。"

那只落掉了一根羽毛的母鸡当然不知道这个故事就是她自己的故事。因为她是一只很有身份的母鸡,所以她就说:

"我瞧不起那些母鸡;不过像这类的贼东西有的是!我们不应该把这类事儿掩藏起来。我尽我的力量使这故事在报纸上发表,让全国都知道。那些母鸡活该倒霉!她们的家庭也活该倒霉!"

这故事终于在报纸上被刊登出来了。这完全是真的:一根小小的羽毛可以变成五只母鸡。

说话应实事求是

赏析／莫文英

事情往往是这样的,传言和真相是有差距的,本来是一件微乎其微的事情,但在口耳相传中就会被无意地夸大,以讹传讹,越传越离谱,所以一根羽毛变成五只母鸡也可以是真的。

这是一个很有讽刺意味的故事,说明了流言的可怕,教育我们说话时不应添油加醋、不应弄虚作假、不应夸大其词,应实事求是!同时每一个人身边都会有很多流言,对于流言,我们也应该只是听听而已,不参与讨论,更不应加以传播。

我们不应以貌取人，更不应以职业论贵贱，因为美不美不光看外表,得看对人们奉献的多少!

老秃鹫的话

●文/曾长清

年轻的猎人,不是担着山鸡山兔,就是扛着野猪。

打了山货,不仅可以请乡亲们吃野味,更能到集市上卖个好价钱。

可是,猎人很久没有打山鸡山兔了。

原来,他是跟一只老秃鹫干上了仗。这是由于猎人从乡亲们那儿听到了传言。

乡亲们说:"老秃鹫那家伙是不祥之兆, 碰上了它, 千万不能客气。"

人们还说:"村里闹传染病,死人跟它有关,谁要是碰上它,就要倒霉了。"

年轻的猎人很相信这些传言,特别是这天上山碰上老秃鹫时,他心里就更气愤!

老秃鹫要多难看有多难看。一个光秃秃不长一根毛的头,倒像是和尚头,一个钩子一般的铁嘴更显凶相;还有那两个黄眼珠的眼睛,射出了阴冷的光。

"多么不吉祥啊!"年轻的猎人说,"见到这玩意儿,我算倒霉了。"所以他毫不犹豫地拉开枪栓,决定马上把它干掉。

可是,这当儿那只老秃鹫却亮着大嗓门儿跟猎人说话了:"哈哈,多么无知蠢笨的人啊。你要杀死我吗? 那你就犯错误了。"年轻的猎人不明白老秃鹫话的含义,还是准备要开枪打。

　　"嘿嘿!"老秃鹫又说话了,"难道你听不懂我的意思吗?我是益鸟啊! 就是说我是一个很好的清道夫,专门去清理腐烂了的尸体。比如说死马死羊呀,死猪死狗呀,这些尸体每时每刻都在繁殖细菌,散发臭味儿,对人类的危害很大很大,只有我才能帮助人类把腐烂的尸体清理干净。"

　　猎人听了老秃鹫的话,似信非信:"唔,这么说,你真有很大的本事!"

　　"对了!"秃鹫说,"我的本事是不小啊! 就说我的鼻子吧,百里之外的气味都能闻得着;再说我的眼睛吧,百里之外的目标都能看得见!我的翅膀飞起来很有功夫,不管飞多远的路都不感到疲劳。再说,我的胃口大得很,只要有尸体,我都会将它清理干净。"

　　"至于说我的秃头顶吗? 那也没什么奇怪的,就是因为我吃了腐烂的尸体,猖狂的细菌破坏了我的毛发。我想,为了人类的健康,牺牲一点儿自己的利益,又算得了什么呢?"

老秃鹫的话，句句在理，头头是道。

猎人听了很受教育，他不再跟老秃鹫干仗了，他决定把老秃鹫的本事讲给众人听。

他相信人们是会感谢老秃鹫的，因为老秃鹫是个再称职不过的清道夫。

美不美不光看外表

赏析／钟玉君

万事万物的存在都应该有它存在的意义，我们应该给予客观的评价。老秃鹫其貌不扬，"一个光秃秃不长一根毛的头"，"一个钩子一般的铁嘴更显凶相"，"还有那两个黄眼珠的眼睛，射出了阴冷的光"。但它却有一颗服务大众的心："帮助人类把腐烂的尸体清理干净"。死马死羊，死猪死狗等尸体是它的食物，正由于老秃鹫吃了腐烂的尸体，猖狂的细菌破坏了它的毛发，可以说它的样子丑陋也是由此而造成的。但老秃鹫却毫不顾惜，"为了人类的健康，牺牲一点儿自己的利益，又算得了什么呢？"对于这样一个忠臣，一个再称职不过的清道夫，我们还有什么理由投射出鄙视的眼光？在现实的生活中，有很多人从事着像老秃鹫一样为人所鄙视的工作，他们在自己平凡的岗位上做着不平凡的贡献，默默无闻地献出自己的青春、自己的力量。对于他们，我们同样应给予赞叹敬佩，我们不应以貌取人，更不应以职业论贵贱，因为美不美不光看外表，得看对人们奉献的多少！

做人做事切不可昧着良心，否则必将会受到正义的惩罚。

良心和天鲤

●文/王洪富

有个青年叫良心，这天，他在湖里打鱼，天下着雨，快要天黑了，连一条小鱼也没有打着，浑身淋得像个落汤鸡。他垂头丧气地背起渔网正想回家，忽然听到湖水里"哗啦"一声。"是鱼！"良心把网一张撒了过去，拉上网来一看，真是一条几十斤重的大鱼。良心高兴了，就背着大鱼回了家。

刚一进门就喊起来："娘，快烧锅，熬鱼吃！"

良心的娘已经饿了一天，慌忙接过鱼篓一看，大吃一惊："天老爷呐，这哪里是吃的鱼，是天鲤神鱼啊！吃了会遭天打五雷轰的。"

良心一听娘说是天鲤神鱼，也害怕起来。又过了一会儿，就背着天鲤神鱼上镇上去了，想用鱼换点米面来。良心来到镇上的菜市里，把鱼往摊上刚一摆，就围了很多买鱼的，这个要买，那个也要买。正要卖给一个人，一个老渔翁说："这是天鲤神鱼，吃了会有罪的。"老渔翁这么一说不要紧，买鱼的人却走得一干二净，谁也不敢买了。良心只好饿着肚子，背起天鲤鱼走回家里。良心的娘一见神鱼没卖，就慢慢地将鱼接过来，放进一个大水缸里。过了一会儿，良心饿得难受极了，不问三七二十一，摸起把菜刀就在缸沿上磨了起来。

天鲤神鱼见良心在水缸上磨刀，就说话了："良心哥，您磨刀干什么？"

"杀你吃！"良心说。

"求求您，好心的良心哥，甭杀我了，您要啥我给你啥。"天鲤神鱼求饶起来。

良心一听说要啥给啥，就说："好吧，你每天能给俺送一吊钱来，够俺娘俩吃饭穿衣的，就不杀你。"良心说完，只见天鲤神鱼在水缸里一打挺，缸里蹿出一吊钱来。打那以后，良心就不再下湖打鱼了，靠天鲤神鱼送钱吃饭穿衣。

一年过去了，良心又想，天鲤神鱼给的钱只够维持生活的，还没有积存呀。这天，良心又拿着菜刀，在缸沿上"哧哧"地磨起来，天鲤神鱼又问："良心哥，您又磨刀干什么？"

"杀你吃！"良心说。

天鲤神鱼又求饶了："好心的良心哥，您甭杀我了，您要啥俺给啥。"

良心说："只要你每天给送两只元宝来，就不杀你。"说完，只见天鲤神鱼一打挺，水缸里蹿出了两只明晃晃的元宝来。打那以后，天鲤神鱼每天都给良心送两只元宝。

春去秋来，整整三年，良心盖的楼房瓦舍一片明，成了方圆几百里的富裕门户。

这天，良心骑马来到一个小镇上，见一群人围在街旁看京里发来的皇榜，上面写着："皇上的女儿腹疼不止，只有吃了天鲤神鱼才能治好，谁要是把天鲤神鱼献上，就招谁为驸马。"良心看完皇榜，高兴地勒马回家。俗话说"家有财产万贯，不如进京做官"，机会已到，这驸马可不能给别人争跑喽。良心想着想着回到了家里，派人套上大车，水缸里又添了水，连鱼带缸拉着进京，上贡天鲤神鱼去。

到了金銮殿前，御史禀报皇上："有人进贡天鲤神鱼来了。"皇上大喜，马上派了大臣去接贡品。大臣们把水缸抬到皇上面前过目。谁知一掀缸盖，水缸空空的即没鱼也没水了。原来，在大臣们接水缸的时候，天鲤神鱼带着水往东海去了。

皇上一看空缸，大发雷霆："这个小畜生，竟敢欺君，快快拉出去斩了！"良心当即被斩首在午门。

天鲤神鱼走了，良心被杀了，这是忘恩负义的结果。打那就留下了"不讲天理，没有良心"的说法。

不可违背良心

赏析／李盛欢

做人做事切不可昧着良心，否则必将会受到正义的惩罚。这是故事《良心和天鲤》告诉我们的道理。

正如故事里的主人公良心一样，本来他就只是一个渔夫，只是不经意间打到了一条大鱼，一条神奇的大鱼——天鲤神鱼。在神鱼为了报答他的不杀之恩，开始满足他的要求的时候，这个叫良心的人实在是不"良心"，他的贪欲和邪念也随着神鱼对他要求的实现而在不断地升级、不断地膨胀，最后甚至想到出卖神鱼而获取驸马官职。正所谓"人心不足蛇吞象"，良心最终落得了个犯下欺君之罪而命丧黄泉的下场。

文章生动地讲述了一个叫良心的人却做出许多不良心的事，最终落得可悲下场的故事。故事告诫我们做人做事切不可违背良心，否则将会自吞苦果。

　　我们应该坦然地面对我们的出身,不怨天尤人,不自暴自弃,珍惜生活给予自己的一切,快乐地生活并让生命发出自己独特的光彩!

区　　别

　　●文/[丹麦]安徒生

　　那正是五月。风吹来仍然很冷;但是灌木和大树,田野和草原,都说春天已经到来了。处处都开满了花,一直开到灌木丛组成的篱笆上。春天就在这儿讲它的故事。它在一棵小苹果树上讲——这棵树有一根鲜艳的绿枝:它上面布满了粉红色的、细嫩的、随时就要开放的花苞。它知道它是多么美丽——它这种先天的知识深藏在它的叶子里,好像是流在血液里一样。因此当一位贵族的车子在它面前的路上停下来的时候,当年轻的伯爵夫人说这根柔枝是世界上最美丽的东西、是春天最美丽的表现的时候,它一点儿也不感到惊奇。接着这枝子就被折断了。她把它握在柔嫩的手里,并且还用绸阳伞替它遮住太阳。她们回到华贵的公馆里。这里面有许多高大的厅堂和美丽的房间。洁白的窗帘在敞着的窗子上迎风飘荡;好看的花儿在透明的、发光的花瓶里面亭亭玉立。有一个花瓶简直像是新下的雪所雕成的。这根苹果枝就插在它里面几根新鲜的山毛榉枝子中间。看它一眼都使人感到愉快。

　　这根枝子变得骄傲起哭;这也是人之常情。

　　各色各样的人走过这房间。他们可以根据自己的身份来表示他们的赞赏。有些人一句话也不讲;有些人却又讲得太多。苹果枝子知道,在人类中间,正如在植物中间一样,也存在着区别。

"有些东西是为了好看,有些东西是为了实用,但是也有些东西却是完全没有用。"苹果枝想。

正因为它是被放在一个敞着的窗子面前,同时又因为它从这儿可以看到花园和田野,因此它有许多花儿和植物供它思索和考虑。植物中有富贵的,也有贫贱的——有的简直是太贫贱了。

"可怜没有人理的植物啊!"苹果枝说,"一切东西的确都有区别!如果这些植物也能像我和我一类的那些东西那样有感觉,它们一定会感到多么不愉快啊。一切东西的确有区别,而且的确也应该如此,否则大家就都是一样的了!"

苹果枝对某些花儿——像田里和沟里丛生的那些花儿——特别表示出怜悯的样子。谁也不把他们扎成花束。它们是太普通了,人们甚至在铺地石中间都可以看得到。它们像野草一样,在什么地方都冒出来,而且它们连名字都很丑,叫做什么"魔鬼的奶桶"①。

"可怜被人瞧不起的植物啊!"苹果枝说,"你们的这种处境,你们的平凡,你们所得到的这些丑名字,也不能怪你们自己!在植物中间,正如在人类中间一样,一切都有区别啦!"

"区别?"阳光说。它吻着这盛开的苹果枝,但是它也吻着田野里的那些黄色的"魔鬼的奶桶"。阳光的所有弟兄们都吻着它们——吻着下贱的花,也吻着富贵的花。

苹果枝从来就没想到,造物主对一切活着和动着的东西都一样给以无限的慈爱。它从来没有想到,美和善的东西可能会被掩盖住了,但是并没有被忘记——这也是合乎人情的。

太阳光——明亮的光线——知道得更清楚:

"你的眼光看得不远,你的眼光看得不清楚!你特别怜悯的、没有人理的植物,是哪些植物呢?"

"魔鬼的奶桶!"苹果枝说,"人们从来不把它扎成花束。人们把它

---

① 即蒲公英,因为它折断后可以冒出像牛奶似的白浆。

踩在脚底下,因为它们长得太多了。当它们在结子的时候,它们就像小片的羊毛,在路上到处乱飞,还附在人的衣上。它们不过是野草罢了!——它们也只能是野草!啊,我真要谢天谢地,我不是它们这类植物中的一种!"

从田野那儿来了一大群孩子。他们中最小的一个是那么小,还要别的孩子抱着他。当他被放到这些黄花中间的时候,他乐得大笑起来。他的小腿踢着,遍地打滚。他只摘下这种黄花,同时天真烂漫地吻着它们。那些较大的孩子把这些黄花从空梗子上折下来,并且把这根梗子插到那根梗子上,一串一串地联成链子。他们先做一个项链,然后又做一个挂在肩上的链子,一个系在腰间的链子,一个悬在胸脯上的链子,一个戴在头上的链子。这真成了绿环子和绿链子的展览会。但是那几个大孩子小心翼翼地摘下那些落了花的梗子——它们结着以白绒球的形式出现的果实。这松散的、缥缈的绒球,本身就是一件小小的完整的艺术品;它看起来像羽毛、雪花和茸毛。他们把它放在嘴面前,想要一口气把整朵的花球吹走,因为祖母曾经说过:谁能够这样做,谁就可以在新年到来以前得到一套新衣。

所以在这种情况下,这朵被瞧不起的花就成了一个真正的预言家。

"你看到没有?"太阳光说,"你看到它的美没有?你看到它的力量没有?"

"看到了,它只能和孩子在一道时是这样!"苹果枝说。

这时有一个老太婆到田野里来了。她用一把没有柄的钝刀子在这花的周围挖着,把它从土里取出来。她打算把一部分的根子用来煮咖啡吃;把另一部分拿到一个药材店里当做药用。

"不过美是一种更高级的东西呀!"苹果枝说,"只有少数特殊的人才可以走进美的王国。植物与植物之间是有区别的,正如人与人之间有区别一样。"

于是太阳光就谈到造物主对于一切造物和有生命的东西的无限的爱,和对于一切东西永恒公平合理的分配。

"是的,这不过是你的看法!"苹果枝说。

这时有人走进房间里来了。那位美丽年轻的伯爵夫人也来了——把苹果枝插在透明的花瓶中,放在太阳光里的人就是她。她手里拿着一朵花——或者一件类似花的东西。这东西被三四片大叶子掩住了:它们像一顶帽子似的在它的周围保护着,使微风或者大风都伤害不到它。它被小心翼翼地端在手中,那根娇嫩的苹果枝从来也没受过这样的待遇。

那几片大叶子现在轻轻地被挪开了。人们可以看到那个被人瞧不起的黄色"魔鬼的奶桶"的柔嫩的白绒球!这就是它!她那么小心地把它摘下来!她那么谨慎地把它带回家,好使那个云雾一般的圆球上的细嫩柔毛不致被风吹散。她把它保护得非常完整。她赞美它漂亮的形态,它透明的外表,它特殊的构造,和它不可捉摸的、被风一吹即散的美。

"看吧，造物主把它创造得多么可爱！"她说，"我要把这根苹果枝画下来。大家现在都觉得它非凡地漂亮，不过这朵平凡的花儿，以另一种方式也从上天得到了同样多的恩惠。虽然它们两者都有区别，但它们都是美的王国中的孩子。"

于是太阳光吻了这平凡的花儿，也吻了这开满了花的苹果枝——它的花瓣似乎泛出了一阵难为情的绯红。

这个世界其实很公平

赏析／莫文英

世界上的事物都是有区别的，"植物与植物之间是有区别的，正如人与人之间有区别一样"。这里所说的"区别"是指"尊贵"和"平凡"之分。开满了花的苹果枝是"尊贵"的，遍地丛生的蒲公英是"平凡"的。虽然它们都有区别，但它们都是美的王国中的孩子。"于是太阳光吻了这平凡的花儿，也吻了这开满了花的苹果枝——它的花瓣似乎泛出了一阵难为情的绯红。"——因为他曾经骄傲得不可一世，认为自己最为"尊贵"。我们应该坦然地面对我们的出身，不怨天尤人，不自暴自弃，珍惜生活给予自己的一切，快乐地生活并让生命发出自己独特的光彩！

爱跳舞的眼镜蛇

● 文/(台湾)管家琪

有一天,弄蛇人发现他的眼镜蛇在闹别扭。不管他怎么吹笛子,眼镜蛇始终闷在竹篓里,不肯出来。

"亲爱的伙伴,你怎么啦?"弄蛇人轻轻敲敲竹篓,"你怎么不跳舞呀?"

"今天没心情跳舞,我讨厌跳舞!"眼镜蛇的声音听起来很烦躁。

当眼镜蛇说"今天没心情干吗"的时候,那表示问题实在有点儿严重。弄蛇人小心翼翼地问:"你怎么这么说呢?大家都知道你最爱跳舞的。"

"我不爱跳舞了,再也不爱跳舞了!"

"听你这口气,好像在跟谁赌气似的,到底是怎么回事吗?"弄蛇人耐心地又问。

一片沉默,竹篓里毫无动静。弄蛇人知道,这是眼镜蛇在调整情绪,很快就要开口了。

果然,才等了一会儿,眼镜蛇就说:"我在思索一个重要的问题,可是始终想不出答案,教我怎么可能还有心情跳舞呢?"

弄蛇人偷偷松了一口气:"是什么重要的问题?"

"我一直在想,我跳舞跳了这么久,是一条专业的眼镜蛇,可是——为什么我始终无法突破,跳得更好?"眼镜蛇郑重其事地说,

"我觉得我需要新的刺激，我应该到外面去观摩观摩。"

弄蛇人心想："我就知道，你就是喜欢自问自答，自说自话，还说什么'始终想不出答案'，根本就是已经有了主意了嘛。"

弄蛇人索性干脆地说："好啊，我们就休息几天，出去观摩观摩。"

"真的？好伙伴，你真的太好了！"眼镜蛇非常兴奋。

不过说真的，弄蛇人也不清楚应该上哪儿去观摩，只好背着竹篓，带着笛子和眼镜蛇，到处乱跑。

他们陆续观摩了早晨在公园跳健身舞的老人家，上舞蹈课的小朋友，想要减肥而大跳有氧舞蹈的小姐们，还去看了好多的舞蹈表演，有民族舞蹈、爵士、古典芭蕾、现代芭蕾、现代舞……眼镜蛇真是看得目瞪口呆，眼睛愈瞪愈大！

"够了够了！我看饱了！"终于，眼镜蛇几近歇斯底里地叫起来。

弄蛇人十分高兴："你的意思是你已经恢复正常了？可以跳舞了？"

"不，"眼镜蛇沮丧万分地说，"我现在更不知道该怎么跳了，我头好痛！"

说完，眼镜蛇就难过地钻进篓子，不管弄蛇人如何劝慰，硬是不肯出来。

"别这样嘛，出来说话好不好？"弄蛇人摇了摇竹篓。

"别摇！"眼镜蛇大吼一声，"这样我头会更痛！算了，我已经完蛋了，报废了，你就别管我了，再去找一条新的眼镜蛇好了！"

"你怎么这么说呢？咱们俩搭档了这么久……"

"要不然，以后我来吹笛子，你来跳舞好了！"

见眼镜蛇愈说愈离谱，弄蛇人都快笑出来了。不过，他当然没有笑，他可不想再加深对眼镜蛇的刺激，只好叹了一口气，暂时放弃沟通，温柔地对眼镜蛇说："先别想那么多了，放松一下，先休息休息，好好睡一觉，明天再说吧。"

眼镜蛇蜷伏在竹篓里，原来打定主意要三天三夜不睡，但是，连日来的奔波，确实也累了，所以，很快就呼呼大睡，进入梦乡。

梦中，它发现自己的身体变得很小——不，它根本就变回到小时候，又变成一条活泼可爱的小蛇。小蛇在树林间闲逛，遇到一个小男孩，手里拿着一根奇怪的棍子，小男孩说那东西叫做"笛子"，还说他会用它吹出好听的音乐。说着，他真的把笛子凑到嘴边，用心地吹起来。小蛇从来没听过这么美、这么醉人的音乐，似乎有一种魔力，令它忍不住开始扭动着身体，跳起舞来。……

梦到这里，眼镜蛇忽然醒了。它立刻惊奇地发现，梦中美妙的音乐和动人的舞蹈竟是真实的！它竟然在不知不觉中，随着弄蛇人的笛声，尽情地跳舞。

"瞧，我说的没错吧？只要放松一点，事情就解决了，"弄蛇人放下笛子，满面笑容地赞美着老伙伴，"你真是个天生的舞蹈家，连在睡觉也能跳舞！"

发现自己才能活出精彩

赏析／朱晓铃

　　眼镜蛇忽然说不爱跳舞了，它被一个问题困扰着——"为什么我始终无法突破，跳得更好？"它已无法从这困扰中走出来集中精力跳舞了。不管怎么说，眼镜蛇思进取、欲突破的精神是值得肯定的，弄蛇人答应了带它四处去观摩观摩。外面的世界精彩纷呈，它看得多了，看得乱了自己的心，它沉浸在别人的精彩世界中却忘了自己，迷失了自己。

　　眼镜蛇歇斯底里，别人的舞蹈如此完美，而自己什么都不是！眼镜蛇不知该如何面对这个没有自己地位的精彩的世界了，它选择了逃避——用睡觉来忘记！

　　眼镜蛇并不知道，它也可以做得很好，而且可以做别人做不到的事情。最后，眼镜蛇发现了自己。它梦醒后发现自己原来睡着了还可以有动人的舞姿，除了眼镜蛇谁还做得到？弄蛇人赞扬了眼镜蛇，眼镜蛇也在别人的赞许声中肯定了自己、找回了自我。

　　只有相信自己、发现自己、肯定自己，我们才能让生命不平庸，才能活出属于我们的精彩！

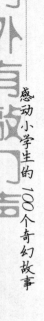

人首先要诚实，这是做人的基础，而我们以后想成为一个更加受欢迎的人，就要有谦让的品质。

让 梨

●文/邱成立

有弟兄俩，是双胞胎。弟兄俩不但相貌长得像，还有一个共同的爱好，都是特别爱吃梨。

有一天吃过晚饭，母亲拿出来两个梨，一个大梨，一个小梨。弟兄俩都扑过去要抢那个大梨吃。母亲连忙拦住他俩说："你们俩都听说过孔融让梨的故事吧？"弟兄俩一齐点点头，母亲接着说："人家孔融四岁就能让梨，你们俩今年都八岁了，也该学学孔融让梨吧？"弟兄俩又一次点点头。

母亲先问哥哥："你是哥哥，你先说，你想吃大梨还是小梨？"

哥哥看了看桌子上那个黄澄澄的大梨，又看了看母亲和弟弟，说："你让我说实话还是说瞎话？"

母亲说："当然说实话！"

哥哥使劲儿咽了一口唾沫，用手指着那个大梨说："我想……想……吃……吃大的……"

"啪"的一声，哥哥的脸上挨了一巴掌。

母亲转回头又问弟弟："你说，你想吃大梨还是小梨？"

弟弟看了看桌子上那个黄澄澄的大梨，狠狠地咽了一口唾沫，说："我想……想……"话说了半截，弟弟看到了哥哥泪流满面的脸和脸上五个红红的手指印，立刻伸手拿起了那个小梨，说："我是弟弟，大梨让哥哥吃吧！"

哥哥听了,咧开嘴笑了,脸上的泪也顾不得去擦,伸手就去拿大梨。

"啪"的一声,哥哥的脸上又挨了一巴掌。

母亲从桌子上拿起大梨,塞到弟弟手里,又从弟弟手里夺过小梨,塞到哥哥手里,对弟兄俩说:"记住:想占便宜的人,往往占不到便宜!"

哥哥看了看自己手中的小梨,又看了看弟弟手中的大梨,显出一脸的无奈。

过了几天,吃过晚饭,母亲又拿出来两个梨,仍然是一个大梨,一个小梨。母亲对哥哥说:"今天还是由你先挑,你说吧,想吃大梨还是小梨?"

哥哥说:"让我说实话还是说瞎话?"

母亲说:"当然说实话!"

哥哥毫不犹豫地说:"我想吃大的。"

"啪",哥哥的脸上挨了一巴掌:"我再问你一遍,想吃大梨还是小梨?"

"大梨!"哥哥的脸上很快显出五个指头印,可这次哥哥却忍住了,没有哭。

母亲失望极了,转回头问弟弟:"你呢?你想吃大梨还是小梨?"

弟弟害怕极了,用手悄悄地指了指那个小梨,又赶快把手缩了回来。

"好孩子。"母亲说着,把大梨塞到了弟弟的手里,自己拿着那个小梨吃了起来。吃完梨,母亲对弟兄俩说:"记住:想占便宜的人,有时候反而吃亏!"

二十年后,弟兄俩长大成人。哥哥做了法官,说出的每一句话都代表法律的尊严。弟弟却成了诈骗犯,说出的每一句话都是美丽的谎言。

在庄严的法庭上,法官哥哥问罪犯弟弟:"什么时候学会了骗人?"

罪犯弟弟想了想,说:"从那次让梨……"

说谎的代价

赏析／潘向前　欧积德

　　"孔融让梨"的故事流传至今，告诉我们谦让是一种美德，影响了一代又一代人。而这篇小说里的让梨故事却使哥哥和弟弟走上了不同的道路，这是为什么呢？他们俩兄弟都特别爱吃梨，有一次，母亲也想让他们能够学习孔融让梨的精神，就想考考他们，谁知道哥哥要说实话，坚持说自己想吃大的梨，结果得到母亲的几巴掌。想想也是的，如果要说实话，谁不喜欢吃大的梨呢？而弟弟看见母亲打了哥哥，因为害怕，就说想吃小梨，结果得到母亲的赞赏，吃到了大的梨，而哥哥吃了小的梨。吃完梨，母亲还对两兄弟说，"记住，想占便宜的人，有时候反而吃亏！"

　　母亲教导的道理本来是不错的，可是为什么后来哥哥做了法官，代表法律的尊严；而弟弟却成了诈骗犯，说出的每一句话都是美丽的谎言呢？从一定程度上讲，小说中的母亲如果能够引导两兄弟让梨，耐心地教导，而不是用打巴掌的方法，那么他们都能够成为出色的人才的。所以从这篇小说中我们可以学习到，人首先要诚实，这是做人的基础，同时在生活中还要学会谦让。当然，我们还要提醒孩子的父母要注意对孩子的教育方法，不要轻易打骂自己的孩子。

　　如果说，世界上还有一种爱是无私的爱，那就是父母对儿女的爱；如果说，世界上还有一种爱可以让我们泪流满面，那也只有父母对儿女的爱。

树 的 故 事

●文/江　江

　　很久以前，有一棵大大的苹果树。一个小男孩每天都喜欢来这儿玩。他爬到苹果树上吃苹果，躲在树阴里打个盹儿……他爱那棵树，那棵树也爱跟他玩儿。

　　时光流逝，小男孩渐渐长大，不再来树下玩儿了。

　　一天，男孩回到树旁，一脸忧伤。树说："和我一起玩儿吧！"男孩回答："我已经不是小孩子了，我不再爬树了。我想要玩具，我想有钱来买玩具。"树说："抱歉，我没有钱，但是你可以摘下我的苹果拿去卖，这样你就有钱了。"男孩手舞足蹈，把苹果摘了个精光，开心地离去了。

　　男孩摘了苹果离开后，就再也没有回来。树很难过。

　　一天，男孩回来了，树喜出望外。树说："和我一起玩儿吧！""我没有时间玩。我要做工养家，我们要盖房子来住。你能帮我吗？""抱歉，我没有房子，但是你可以砍下我的树枝来盖房子。"男孩把树枝砍了个精光，开心地离去了。

　　树心满意足地看着男孩的背影。然而，从那以后，男孩再也没有回来。树再次感到寂寞和难过。

　　一个盛夏，男孩回来了，树雀跃万分。树说："和我一起玩儿吧！"

"我很伤心,我越来越老了,我想去划船,让自己悠闲一下。你能给我一条船吗?""用我的树干造一条船吧。你可以开开心心地想划多远就多远。"男孩锯下树干,造了一条船。他划船而去,很久再没露面。

终于,多年以后,男孩又回来了。树说:"抱歉,我的孩子,可惜我现在什么也没法给你了。没有苹果给你吃……"男孩回答道:"我也没有牙去咬了。""没有树枝给你爬……""我老得再爬不动了。""我实在是什么都给不了你了……我惟一留下的就是我的枯老的根了。"树流着泪说。"我实在是再也没有什么需要了,只是有个地方歇一下就好了。经过了这些年,我太累了。"男孩回答道。"好吧,老树根是歇脚的最好地方了。来吧,坐在我身上歇歇吧。"男孩坐了下来,树开心得热泪盈眶……

这是我们每个人的故事。树就是我们的父母。

当我们年幼时,我们喜欢跟妈妈和爸爸玩……当我们长大后,我们离开他们……只在当我们有求于他们或遇到麻烦的时候,我们才回家。无论如何,父母总是一如既往,有求必应,想方设法让你开心。

你可能觉得男孩对树太无情,然而我们谁又不是那般对待我们的父母呢?

父母亲的爱

赏析／杨铸钢

　　如果说，世界上还有一种爱是无私的爱，那就是父母对儿女的爱；如果说，世界上还有一和爱可以让我们泪流满面，那也只有父母对儿女的爱。

　　《树的故事》就是一篇旨在传达亲情（即父母之爱）的文章。此文借助童话兼寓言的形式，向我们叙述了一个关于小男孩和苹果树的故事：小男孩从年幼到年老，苹果树伴其走过了人生路上的一切坎坷，并无私奉献了它的所有果实、树枝、树干。最后，苹果树老得只剩下了一堆枯朽的根了，但它依然毫不犹豫地腾出来给了疲惫归来的男孩歇歇脚……这个故事很奇特，似童话非童话，似寓言非寓言，它说明了什么呢？

　　文章的末尾一语点破："这是我们每个人的故事。树就是我们的父母。"此时，我们才恍然大悟：是啊，在这个世界上，除了我们的父母，还有谁能像"树"一样无私地为我们倾其所有呢？

　　"当我们长大后，离开他们……只有当我们有求于他们或遇到麻烦的时候，我们才回家。"一句话，道出了天下父母亲的多少无奈与辛酸！从牙牙学语到入校求学，再到出外创业，我们的每一个成长过程都紧紧揪住了双亲的心，他们为之高兴，为之忧虑，甚至整夜整夜的睡不着觉！家是温暖的港湾，家是呵护心灵的庇护所，我们每个人都会这样说，但又有谁真正地惦记着自己的父母呢？唉，可怜天下父母心！

　　文章的最后三段诠释了上文，起到了画龙点睛的作用，并具有一定的哲理性。特别是尾段提出反诘，令人深思。

一枚银毫

● 文/[丹麦]安徒生

从前有一枚银毫，当他从造币厂里走出来的时候，他容光焕发，又跳又叫："万岁！我现在要到广大的世界上去了！"于是他就走到这个广大的世界上来了。

孩子用温暖的手捏着他，守财奴用又粘又冷的手抓着他。老年人翻来覆去地看他，年轻人一把他拿到手里就花掉。这枚钱是银子做的，身上铜的成分很少。他来到这个世界上已经有一年的光阴了——这一年的光阴是说，他一直待在铸造他的国家里。但是有一天他要出国旅行去了。他是他旅行的主人的钱袋中最后一枚本国钱。这位绅士只有当这钱来到手上时才知道有他。

"我手中居然还剩下一枚本国钱！"他说，"那么他可以跟我一块去旅行了。"

当他把这枚银毫仍旧放进钱袋里去的时候，毫子就发出"当啷"的响声，高兴得跳起来。他现在跟一些陌生的朋友在一起；这些朋友来了又去，留下空位子给后来的人填。不过这枚本国毫子老是呆在钱袋里；这是一种光荣。

好几个星期过去了。毫子在这世界上已经跑得很远，弄得连他自己也不知道究竟到了什么地方。他只是从别的银毫那里听说，他们不是法国造的，就是意大利造的。一个说，他们到了某某城市；另一个说,他们是在某某地方。不过毫子对于这些说法完全摸不着头脑。一个人如果老是呆在袋子里,当然是什么也看不见的。毫子的情形正是这样。

不过有一天,当他正躺在钱袋里的时候,他发现袋子没有扣上。因此他就偷偷地爬到袋口,朝外面望了几眼。他不应该这样做,不过他很好奇——人们常常要为这种好奇心付出代价的。他轻轻地溜到裤袋里去;这天晚上,当钱袋被取出的时候,毫子却在他原来的地方留下来了。他和其他的衣服一道,被送到走廊上去了。他在这儿滚到地上来,谁也没有听到他,谁也没有看到他。

第二天早晨,这些衣服又被送回房里来了。那位绅士穿上了,继续他的旅行,而这枚银毫却被留下了。他被其他人发现了,所以就不得不又出来为人们服务。他跟另外三块钱一起被用出去了。

"看看周围的事物是一桩愉快的事情,"银毫想,"认识许多人和知道许多风俗习惯,也是一桩愉快的事情。"

"这是一枚什么银毫?"这时有一个人说,"它不是这国家的钱,它是一枚假钱,一点儿用也没有。"

银毫的故事,根据他自己所讲的,就从这儿开始。

"假货——一点儿用也没有!这话真叫我伤心!"银毫说,"我知道我是用上好的银子铸成的,敲起来响亮,官印是真的。这些人一定是弄错了。他们绝不是指我! 不过,是的,他们是指我。他们特地把我叫做假货,说我没有一点儿用。'我得偷偷地把这家伙使用出去!'得到我的那个人说。于是我就在黑夜里被人转手,在白天被人咒骂。——'假货——没有用! 我徥赶快把它使用出去。'"

每次当银毫被偷偷地当作一枚本国银毫转手的时候, 他就在人家的手中发抖。

"我是一枚多么可怜的银毫啊!如果我的银子、我的价值、我的官印都没有用处,那么它们对于我又有什么意义呢? 在世人的眼中,人们认为你有价值才算有价值,我本来是没有罪的;因为我的外表对我不利,就显得有罪,于是我就不得不在罪恶的道路上偷偷摸摸地爬来爬去。我因此而感到心中不安；这真是可怕！——每次当我被拿出来的时候，一想起世人望着我的那些眼睛，我就战栗起来，因为我知道我将会被当作一个骗子和假货退回去，扔到桌子上的。"

"有一次我落到一个穷苦的老太婆的手里，作为她一天辛苦劳动的工资。她完全没有办法把我扔掉。谁也不要我，结果我成了她的一件沉重的心事。"

"'我不得不用这银毫去骗一个什么人，'她说，'因为我没有力量收藏一枚假钱。那个有钱的面包师应该得到它，他有力量吃这点亏——不过，虽然如此，我干这件事究竟还是不对的。'"

"那么我也只好成了这老太婆良心上的一个负担了，"银毫叹了一口气。"难道我到了晚年真的要改变得这么多吗？"

"于是老太婆就到有钱的面包师那儿去。这人非常熟悉市上一般流行的银毫；我没有办法使他接受。他当面就把我扔回给那个老太婆。她因此也就没有用我买到面包。我感到万分难过，觉得我居然成了别人苦痛的源泉——而我在年轻的时候却是那么快乐，那么自信：我认识到我的价值和我的官印。我真是忧郁得很；一枚人家不要的银毫所能有的苦痛，我全有了。不过那个老太婆又把我带回家去。她以一种友爱和温和的态度热情地看着我。'不，我将不用你去欺骗任何人，'她说，'我将在你身上打一个眼，好使人们一看就知道你是假货。不过——而且——而且我刚才想到——你可能是一枚吉祥的银毫。我相信这是真的。这个想法在我脑子里的印象很深。我将在这银毫上打一个洞，穿一根线，把它作为一枚吉祥的银毫挂在邻居家一个小孩的脖子上。'"

"因此她就在我身上打了一个洞。被人敲出一个洞来当然不是一桩很痛快的事情；不过，只要人们的用意是善良的，许多苦痛也就可以忍受得下了。我身上穿进了一根线，于是我就变成了一枚徽章，挂在一个小孩子的脖子上。这孩子对着我微笑，吻着我；我整夜躺在他温暖的、天真的胸脯上。"

"早晨到来的时候，孩子的母亲就把我拿到手上，研究我。她对我有她自己的一套想法——这一点我马上就能感觉出来。她取出一把剪刀来,把这根线剪断了。"

"'一枚吉祥的银毫!'她说,'唔,我们马上就可以看得出来。'"

"她把我放进醋里,使我变得全身发绿。然后她把这洞塞住,把我擦了一会儿;接着在傍晚的黄昏中,把我带到一个卖彩票的人那儿去,用我买了一张使她发财的彩票。"

"我是多么痛苦啊!我内心有一种刺痛的感觉,好像我要破裂似的。我知道,我将会被人叫做假货,被人扔掉——而且在一大堆别的银毫和银毫面前扔掉。他们的脸上都刻着字和人像,可以因此觉得了不起。但是我溜走了。卖彩票的人的房里有许多人;他忙得很,所以我"当啷"一声就跟许多其他的银毫滚进匣子里去了。究竟我的那张彩票中了奖没有,我一点儿也不知道。不过有一点我是知道的,那就是:第二天早晨人们将会认出我是一个假货,而把我拿去继续不断地欺骗人。这是一种令人非常难受的事情,特别是你自己的品行本来很好——我自己不能否认我这一点的。"

"有好长一段时间,我就是从这只手里转到那只手里,从这一家跑到那一家,我老是被人咒骂,老是被人瞧不起。谁也不相信我;我对于自己和世人都失去了信心。这真是一种很不好过的日子。"

"最后有一天一个旅客来了。我当然被转到他的手中去,他这人也天真得很,居然接受了我,把我当作一枚通用的货币。不过他也想把我用出去。于是我又听到一个叫声:'没有用——假货!'"

"'我是把它作为真货接受过来的呀,'这人说。然后他仔细地看了我一下,忽然满脸露出笑容——我以前从没有看到,任何面孔在看到我的时候会露出这样的表情。'嗨,这是什么?'他说,'这原来是我本国的一枚钱,一个从我家乡来的、诚实的、老好的毫子;而人们却把它敲出一个洞,还要把它当作假货。嗯,这倒是一件妙事!我要把它留下来,一起带回家去。'"

"我一听到我被叫做老好的、诚实的毫子,我全身都感到快乐。现在我将要被带回家去。在那儿每个人将会认得我,会知道我是用真正的银子铸出来的，并且盖着官印，我高兴得几乎要冒出火星来；然而我究竟没有冒出火星的性能，因为那是钢铁的特性，而不是银子的特性。"

"我被包在一张干净的白纸里，好使得我不要跟别的银毫混在一起而被用出去。只有在喜庆的场合、当许多本国人聚集在一起的时候，我才被拿出来给大家看。大家都称赞我，他们说我很有趣——说来很妙，一个人可以不说一句话而仍然会显得有趣。"

"最后我总算是回到家里来了。我的一切烦恼都告之结束。我的快乐又开始了，因为我是好银子制的，而且盖有真正的官印。我再也没有苦恼的事儿要忍受了，虽然我像一枚假银毫一样，身上已经穿了一个孔。但是假如一个人实际上并不是一件假货，那又有什么关系呢？一个人应该等到最后一刻，他的冤屈总会被伸雪的——这是我的信仰。"毫子说。

坚 持 信 念

赏析／莫文英

一枚货真价实的银毫，像人一样，在不同的情况下，在不同人的眼里，成了假货，处处受到排挤、批判，并且戴上帽子(被打穿了一个孔)，最后转到识货人的手中才得到平反。"假如一个人实际上并不是一件假货，那又有什么关系呢？ 一个人应该等到最后一刻，他的冤屈总会被伸雪的——这是我的信仰。"这个信仰使他没有寻短见，而是活下来了。

宝物放在不合适的地方也会被认为是垃圾，可如果是金子总会发光的。即使我们在逆境中也不应该放弃，应该坚持信念，有一天一定能找回自己的价值！

梦蝶舞影

门外有敲门声

　　冰冷的雨从天上落下来，那只蝴蝶就在雨的心脏飞舞……

　　这是一份美丽的潮湿的热情，另一只蝴蝶从另一个地方飞来，仿佛跨越千年的岁月，它们的小小的薄薄的翅膀紧紧的沾在一起，那只飞舞的蝴蝶仿佛已经沉睡不醒了，像吻公主一样，另一只蝴蝶轻轻地用小翅膀扇了一下……

　　雨停了，它们浑然不觉……

蛇精的"恶"衬托出花姑子的"善"。

花 姑 子

● 文/佚 名

安幼舆,是陕西省的一个拔贡生,为人好信义,喜放生。若见到猎人捉到禽虫鸟兽,都不惜重金买下它们,然后将它们放生。恰逢他舅舅家有丧事,他前往帮忙,直到很晚才回来。他路经华岳山谷时竟迷路了。忽见前面有位老者,便自报姓名。老者二话没说,就请安幼舆到他家下榻。

已经进入老者的家里了,安幼舆顿觉这房子低洼狭小。老者提来一盏灯,就去吩咐酒菜了。老者对夫人说:"这不是别人,他是我的救命恩人。你行走不便。可叫花姑子来斟酒。"一会儿,一女郎拿着餐具进来,站在安幼舆的旁边。安幼舆一看,她就像天仙下凡一样美。老者叫她去暖酒。安幼舆乘机询问:"这女子是谁?"老者答:"我姓章。七十岁才有这么一个女儿,名叫花姑子。"安幼舆又问花姑子是否已许配人家了。老者说还没有。等到花姑子出来行酒时,安幼舆注目露情,又见房内无其他人,就对花姑子说:"目睹你的容貌,使我神魂颠倒。想要与你通媒妁之约,又担心行不通,我该怎么办呢?"花姑子只默默听着,屡问不答。安幼舆要入内室时,花姑子抽身厉声说:"狂子入门,你要做什么。"老者闻声而来,安幼舆感到羞愧。花姑子从容地说:"酒又涌沸了,要不是他赶来,酒壶已融化了。"安幼舆听花姑子所言,心里才安妥些,因而更加尊重敬畏她的德行了。

第二天天未亮时,安幼舆就告别了章家,返家时就派人登门求聘,去的人竟终日不知其住所。安幼舆亲自骑马去寻找,也找不到有姓章的人家了。回家后，他一病不起了。一天晚上，当他睡眼蒙眬时，忽见一女郎立于床侧，安幼舆便觉芳香四溢，神气清醒。花姑子倾头笑说："痴郎为何到这种地步！"又用两手按着安幼舆的太阳穴，说："室中多人，我不方便常来，三天后我再来吧。"说完从绣衣中取出几个蒸饼放在床头，悄然消失了。安幼舆闻到这些甜美味道，顿觉精神倍爽，于是就靠吃这些蒸饼填饥，身体也渐渐在恢复。三天后，花姑子如期赴约。花姑子说："我恐怕要跟你永别了，我父亲认为那小村比较孤寂，不久后要搬到很远的地方去了！"说完就号啕大哭起来。安幼舆只有好言相劝。直到三更，二人才依依相别。

又过了好多天，安幼舆因思念花姑子，就在夜里出去找她。没想到在半路竟碰上花姑子了。安幼舆上前作揖，不料竟闻到一股血腥味，安幼舆心起疑团。只见那女郎猛地抱紧安幼舆的脖子，用舌头舔他的鼻孔，安幼舆顿感脑中长刺，想逃脱时身体却像受巨绳束缚，闷闷然不知人事了。等到他家人找到他时，他已死在山下了。

吊丧时，有一女郎来后就扶尸大哭。她说："停尸七天，不要入殓。"转眼就不见了。家人以为是神，就如话照做了。七天后，安幼舆忽然醒了。女郎拿出一束青草，加水熬汤喂给安幼舆。安幼舆便能开口说话了。他叹声说："杀我是你，救我又是你！"随即叙述了自己的遭遇。花姑子说："这是蛇精在冒充我了。"安幼舆又问："你为何有起死回生之术，你是神仙吗？"花姑子说："我很久想说了，又担心你受惊吓。我原是你五年前在华山道放走的一只獐的女儿，修道成人。家父为报答你的恩德，用其毕生的道术来请求阎王放过你。如今你还没有完全康复，必须要饮蛇血合酒才能根除病。至于我，是不能与你结百年之好的。为了救你，我的道行已亏损了十分之七。近来我觉腹中微动，恐怕是孽根，是男是女，以后才清楚。"说完流涕而去。

安幼舆将饮蛇血合酒之事转告给家人。家人就前往山中，朝洞穴堆火，等到一条巨大的白蛇冲出时，一齐用箭射死它后，将它的血取出，让安幼舆服下。安幼舆饮了三天，两条腿便慢慢地能够挪动了。半年后，可以起床活动了。

后来,安幼舆独行谷中,遇到一老妇抱着一个婴儿,老妇对他说:"这是我女儿给你的。"说完就不知所终了。安幼舆掀开襁褓一看,是个男婴,就把他抱回了家,以后就再也不娶妻了。

善良的花姑子

赏析／李燕虹

　　没有一缕炊烟,没有一片云朵,远处飘来的尽是清香,这就是文章的味道,淡雅而又不失韵味。文章的高妙之处在于:用淡淡的言语对话就塑造出花姑子"涌泉报滴水之恩"的高大形象。然而对于这么一篇白话文,文章脉络却非常清晰,每段开头都有典型的时间标记,给人一目了然的感觉,增强了文章的可读性。另外,对比手法的运用是文章的又一大特色。同为妖精,蛇精就心如毒蝎,而花姑子却是面善心慈。蛇精的"恶"衬托出花姑子的"善",加强了渲染效果,让读者更加肯定花姑子的"善"是真实的,可捉摸的。当然,文章也有十分精彩的细节描写,比如:酒沸火腾的两次虚实描写;花姑子屋宇的两次出现。也许,这些细节描写在文章中也起举足轻重的作用呢。不信?你大可试着揣摩一番。

我们人也是一样，只有在好的环境里塑造自己的品格，锻炼自己的能力，才能给社会奉献和创造更多的价值。

一个豆荚里的五颗豆

● 文/[丹麦]安徒生

从前有五颗豌豆住在一个豆荚里，它们都是绿的，豆荚也是绿的，因此它们都相信整个世界也一定是绿的，它们得到这个结论十分自然。豆荚长大，这些豌豆也长大了，它们按照自己的位置坐成一排。太阳在外面照着，晒暖了豆荚，雨水把它洗得干净透明。大白天温暖舒适，夜里黑沉沉，就跟平时一样。豌豆们坐在那里越长越大，老坐着想事情就变得更有脑筋，因为它们觉得它们一定有什么别的事可以干干。

"我们就这样永远坐着吗？"一颗豌豆问，"坐这么久我们不会受不了吗？我觉得外面一定有什么事，我可以肯定是这样。"

一个星期又一个星期过去了，这些豌豆变黄了，豆荚也变黄了。

"我想是整个世界变黄了。"它们说——也许它们是对的。

忽然它们觉得豆荚被狠狠一拉。豆荚被摘下后握在人的手里，接着和其他饱满的豆荚一起落进了一件外衣的口袋。

"现在我们就要被打开了。"一颗豌豆说——这正是它们希望的。

"我很想知道，我们当中谁旅行得最远，"五颗豌豆中最小的一颗说，"这个我们很快就可以看到。"

"要发生的事情总会发生的。"最大的一颗说。

豆荚爆开是"毕剥"一声，五颗豌豆就滚到了明亮的阳光中。它们躺在一个孩子的手里。是个小男孩紧紧握住它们，说它们给他的射豆枪当子弹用正好。他马上装上一颗，把它射出去了。

"如今我要飞到广阔的世界里去，"这颗豌豆说，"你有本领就来抓住我吧。"它一下子就飞掉了。

"我，"第二颗豌豆说，"要一直飞到太阳上去，那是谁都看得到的一个豆荚，正好合适我。"它飞走了。

"我们到哪里就在哪里睡觉，"接下来两颗豌豆说，"不过我们还是得先向前滚一下。"它们真的落到了地板上，在进射豆枪以前滚了一阵。尽管如此，它们还是被装进了射豆枪。"我们要比其他豌豆飞得远。"它们说。

"要发生的事总要发生的。"最后一颗豌豆从射豆枪里射出去时说。它说话间飞到顶楼窗下一块旧木板上，落到一个几乎满是青苔和软泥的小裂缝里。青苔在它周围闭拢，它呆在那里真像一个囚徒，但上帝并非没有看到它。

"要发生的事总会发生的。"它心里说。

这小顶楼里住着一个贫穷的女人，她出去打扫炉子、劈木柴和干诸如此类的苦活，因为她强壮又勤劳。对，她一直这么贫穷，家里躺着她惟一的女儿。她发育不全，很孱弱，终年卧床，看上去不死不活的。

"她要到她的小姐姐那去了，"那女人说，"我生过两个孩子，养活两个可不容易，但是好心的上帝帮了我的忙，接走了其中一个，把她抚养。现在我很高兴保留着留给我的另一个，但是我想两姐妹不能分开，我生病的这一个很快也要到天上她姐姐那里去了。"

但是这生病的女孩依然活着，整天安静耐心地躺着，而她的母亲离家去干活。

春天到了，一天清早，阳光明亮地照进小窗子，投到房间地板上。正当母亲要出去干活的时候，生病的女孩盯着窗子最下面一块玻璃看，说："妈妈，在窗子上朝里面探头探脑的那绿色小东西会是什么呢？它在风里晃来晃去的。"

母亲走到窗口，把窗子打开一点。"噢！"她说，"真有那么一颗小豌豆，它生了根，长出了绿色叶子。它怎么会钻进这裂缝的呢？现在好了，这里有一个小花园给你散散心啦。"

于是她把生病女孩的床移到窗口，这样女孩就能看到那发芽的植物。

"妈妈，我相信我会好的，"生病的女孩在晚上说，"今天太阳照进来又亮又温暖，小豌豆长得那么好，我也会好起来的，那就又可以到外面温暖的阳光里去了。"

"愿上帝保佑！"母亲说，但是她不相信会这样。不过，既然这给了她的孩子这么美好的求生希望，于是她就用一根小棍子把那绿色植物支起来，这样它就不会被风吹断了。她又在窗台上拴一根细绳子，把它牵到窗框的上端，好让这棵豆苗的卷须绕着它向上爬。卷须是爬上去了，真的可以看到这棵豌豆一天一天在长大。

"现在这里真的要有一朵花了。"有一天母亲说，如今她终于开始希望她生病的女儿当真会好起来。她想起这孩子这些日子说话更加快活。最近几天早晨，她在床上已经坐了起来，用闪亮的眼睛去看她那只有一棵豌豆的小花园。

一个星期以后，这一直卧床不起的孩子能坐上整整一个钟头了，靠近打开的窗子，在温暖的阳光中感到十分快乐。而外面长着的那棵小豌豆，在它上面，一朵粉红色的花已经盛开。小姑娘弯下身子去轻轻地吻那些细嫩花瓣。这一天对她来说像是一个节日。

"是我们的天父亲自种了这棵豌豆，让它生长，让它枝繁叶茂，把快乐带给你，把希望带给我幸运的孩子。"快活的母亲说。她对着这朵花微笑，就像它是上帝派来的天使。

但是其他几颗豌豆又怎么样了呢？飞到广阔世界去，说"你有本领就来抓住我吧"的那颗豌豆落到一座房子屋顶的水槽里，在一只鸽子的嗉囊里结束了它的旅行。那两颗懒豌豆也只走到那么远，因为它们也被鸽子吃掉了，不过它们到底还是派上了点用处。但是第四颗，那要到达太阳的一颗，落到了一个污水池里，在污水里躺了许多天、许多星期,直到涨得挺大挺大的。

"我胖得够棒的,"这颗豌豆说,"我想我最后会胖得爆开。我想一颗豌豆顶多也只能做到这样。在我们豆荚里的五颗豌豆当中,数我最了不起了。"

污水池赞成它的看法。

但是那小姑娘站在打开的顶楼窗口,眼睛闪亮,脸蛋透出健康的红润面色,在豌豆花上合起瘦削的双手,感谢上帝所做的一切。

"我,"污水池说,"将保护我的那颗豌豆。"

价 值

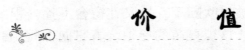

赏析／肖诗雅

一个豆荚里的五颗豌豆,坐成一排,接受着等量的阳光和雨露。决定五颗豌豆命运的玩具枪将他们送到了不同的地方,但是,只有第五颗豌豆做出的贡献最大,它给一个濒临死亡的小女孩带来了生命的希望。

第五颗豌豆被命运之枪送到了一个几乎满是青苔和软泥的小裂缝里——豌豆生根发芽的良好环境。顶楼上一个重病终年卧床的小女孩,豌豆的蓬勃生长,使她看到了生命的希望,使她的生命力越来越顽强。

任何事物只要在有利于自身发展的条件下,就能发挥和创造出无穷力量和价值。如果前面的四颗豌豆都像第五颗一样,来到适合生长的地方,那么他们也一定能给世界带来无穷的力量。我们人也是一样,只有在好的环境里塑造自己的品格,锻炼自己的能力,才能给社会奉献和创造更多的价值。

　　小朋友应该从小爱护小动物，与动物做好朋友，维护我们地球这个美好的家园，学会对生活中不好的现象进行思考。

羊与狼的故事

● 文/王培静

　　近日，《虎城晚报》登出如下一条消息：我市动物园又添一景，野山羊和狼同处一笼。

　　当下正赶上"十一"长假，除了有出外旅游计划的，一家人出来逛逛动物园成了许多家庭的首选，特别是对有孩子的家庭来说，晚报的那条消息更是起了推波助澜的作用。这几天动物园里人流不尽，野山羊和狼的笼子前更是天天被挤得水泄不通。野山羊在笼子里走来走去，很兴奋的样子。它是刚从秦岭逮住运进城来的，浑身充满了野性。黑色，毛很长，特别是头上那一对羊角又粗又壮，很是威风。它心里想，这是什么地方，怎么这么多直立着走路的动物。

　　而那只像披着黄缎似的狼却躲在角落里，很害怕地缩成一团。它心里想，我像上一辈一样规规矩矩呆在笼子里，供直立着走路的动物们开心。有时他们用小棍捅我，我都忍了，真把我惹急了，我最多也只是露着牙小声嗥叫一下吓唬吓唬他们。有时他们拿石块砸我，有时给我带塑料包装的食品吃。到我这里，我们已经在这里生活了三代。不知什么原因，头天晚上突然关进这么一个怪物来，它总是追着我跑，有时用凶狠的目光盯着我看好久，好像有心要吃了我。这两天晚上我没敢睡踏实，都是等它在我往常睡觉的地方睡着了，我才在离它很远的地方眯瞪上一会儿。自从它来后,吃饭时我总是离它远远的,等它吃饱喝足了我才敢过去吃点喝点它剩的。

这天晚上,野山羊和狼进行了它们相见后的第一次对话。"你叫什么名字?"野山羊大大咧咧地问。

狼颤声答道:"我叫狼。"

"这里是你的家?"

"我们家在这里住了三代了。"

野山羊盯着狼的眼睛问:"你害怕我?"

"大侠,你来这里,我热烈欢迎。今后吃住等等一切都是你说了算,只要你不吃我就行。"望着野山羊琢磨不透的目光,狼低下头怯怯地说。

野山羊笑了笑说:"只要你看我的眼色行事,我暂时不会伤害你的。"

"大侠你放心,我绝不敢拿自己的生命开玩笑,对您我绝对言听计从。"狼赔着笑脸表态说。

一段时间里,野山羊和狼处得相当不错。野山羊的目光里少了些敌意,狼像个随从跟在野山羊的屁股后边团团转。

后来虎城新调来的某位领导作出指示:羊狼一起圈养有悖动物的生存规律,叫别的地方的人听了去,会拿这事当笑话讲。这事有损我市的声誉,应尽快拿出解决的方案。

后来野山羊被放归了森林。

有一天,野山羊遇到一只狼,它见这只狼恶狠狠地盯着自己,心里愤愤不平地想,你敢用这样的目光看我,太不把我放在眼里了。

最后狼把野山羊吃了。

临咽气时野山羊还想不明白,这世界怎么了?

这世界怎么了？

赏析／欧积德

　　读这篇小说，让人觉得真有趣，狼本来是吃羊的，而在笼子里相处时狼却怕了羊，狼对羊的毕恭毕敬，经常围着羊的屁股后团团转，让人不由得想"这世界怎么了"？这实在让人费解，然而我们细细阅读，就会发现原来狼在动物园的笼子里住了三代，到了这一代，狼早就不知道自己先辈要吃羊的故事，狼本来凶猛的习性也被磨灭掉了。那么当羊也住进笼子里的时候，奇迹就出现了，狼与羊的位置竟然是颠倒了，"这个世界怎么了？"实在是值得我们思考的一个问题呢。我想，最终是因为人类，人类为了满足自己欣赏的私欲，而把狼关在笼子里，而且一关就是三代，这又说明了什么？

　　后来，因为领导说羊狼一起圈养不符合生存规律，羊被放归森林，这本来是一件很好的事情。然而悲剧就此而发生了，在森林里，少了人类的参与，羊因为对狼缺少警惕，而被狼吃了，留给它的疑问是"这世界怎么了？"我们人类违反了与自然和谐相处的原则，大自然的各种生物都应该是我们的好朋友，不是吗？这篇角度新颖，极富传奇色彩的小说用讽刺的手法道出了人类的一些不足之处。这些留给小朋友的启示是应该从小爱护小动物，与动物做好朋友，维护我们地球这个美好的家园，学会对生活中不好的现象进行思考。

当我们懂得诚信，懂得感恩，幸福不知不觉就来到了我们身边。

青蛙王子

●文/[德]格林兄弟

古时候，有一个国王，他的几个女儿都很美丽，最小的女儿长得最美丽，连太阳见了她都感到惊讶。王宫附近有一座大森林，里面有一棵老菩提树，树下有一口井，每当天气炎热时，小公主就坐在井边乘凉，高兴了，就拿一个金球扔着玩，金球是她最喜欢的玩具。有一回，公主把金球向上抛去，再用手接没接住，金球一下子落到了井里。那口井非常深，深得看不见底儿，她急得哭起来。忽然她听到一个声音："小公主，怎么这样伤心哪？"她向四周看，一个人也没有，是谁在说话呢？后来，小公主发现了一只难看的青蛙，在井里的水面上问她，她告诉青蛙说："因为金球掉到井里去了。"青蛙说："只要你答应让我永远做你的伙伴，我就帮助你！"小公主为了能重新得到金球，就答应了。青蛙于是潜到了井底，不一会儿就用嘴叼着金球游上来，把金球抛到了井边上，小公主非常高兴，抱起球就跑了。

第二天，公主和国王正在用金盘子吃饭的时候，忽听有人在门外叫："小公主，给我开门。"她跑去开门一看，是那只青蛙，连忙又把门关上了。国王问她："是谁呀？"她说："是一只青蛙。"国王又问："青蛙找你干什么呀？"她就把昨天青蛙帮助她从井里找回金球的经过告诉了国王，国王说："你答应了别人什么，就应该照着做。"小公主于是去开了门，青蛙跳了进来，一蹦一跳地跟着她，一直跳到她的椅子跟前，说："让我坐在你的旁边。"小公主不情愿地把青蛙拿起来放在椅子上。青蛙又说："请把你的金盘子给我，我们一块吃。"她只好让青蛙用她的金盘子吃饭。青蛙吃得很香，它吃饱了又说："请把我带到你房间去睡觉吧。"小公主只是随便答应了青蛙的要求，没想到青蛙真的来做伴，又难看又讨厌，便不想带青蛙上楼。国王生气地说："谁在困难中帮助过你，你就不应该轻视他。"小公主没有办法，只好把青蛙带上了楼，放在一个角落里，自己就上床睡觉，青蛙跳过来说："请你也让我上床睡觉，不然国王又该生气了。"小公主听了很生气，抓起青蛙往床上一摔，说："你睡吧！你好好睡吧！"

忽然青蛙变成了一个漂亮王子。他说他是被一个巫婆施了魔术，是公主把他从古井里救了出来，公主非常高兴。第二天天亮以后，来了一辆套着白马的马车，八匹马头上都插着白色的羽毛，马身上挂着金链子，车后边站着王子的仆人，马车是来接王子和公主回国的，公主和王子告别了国王，坐着马车回到王子的王宫，他俩结成了永久的伴侣。

言必信，行必果

赏析／王意琴

一只丑陋的青蛙居然变成了一个漂亮的王子，这是公主万万想不到的！单纯的小公主为了拾回金球，随口答应了青蛙的要求和它做伙伴，但是她没有想到答应了别人的事情就要做到，即使是向一只青蛙许下承诺！

当青蛙出现的时候，小公主拒绝了它，国王告诉她："你答应了别人什么，就应该照着做。"当公主因为青蛙难看又讨厌不肯带它上楼的时候，国王又说："谁在困难中帮助过你，你就不应该轻视他。"国王告诉公主要讲信用，要牢记别人给予我们的帮助。幸运的是小公主听从了父亲的话，意外地获得了幸福。

现实人生同样也是这个道理。

当我们懂得诚信，懂得感恩，幸福不知不觉就来到了我们身边。

脚踏实地，依靠自己的力量去实现自己的愿望。

秀才和狐仙

●文/佚　名

滨州有个秀才，在书房里读书。有人敲他的房门，他开门一看，原来是个须发皆白的老头儿，形体相貌都很古怪，他把老头儿请进书房，询问他的姓名。老头儿说："我姓胡，名叫养真，实际是个狐仙，爱慕你品行高雅，愿意和你朝夕相处。"秀才本来心胸旷达，也不认为他是怪物，就和他评古论今。老头儿的学识很渊博，经史百家，随意雕镂编织，能在笑谈之间，说得清清楚楚；有时从经典里抽出个意思，老头儿能把道理讲得很深刻，让人意想不到。秀才又惊讶又佩服，留他住了很长时间。一天，秀才偷偷向老头儿请求说："咱俩的感情这么深厚，但是我现在很贫穷，你只要一举手，金钱大概马上就会到手里，怎不周济我一点儿呢？"老头儿沉默了半晌，好像认为不可以。过了一会儿，才笑着说："这是很容易的事情。只是需要十几个铜钱作本钱。"秀才按照他的请求，给他十几个铜钱。老头儿就和他进了一间密室，有几百万铜钱，从梁上锵锵地落下来，势如骤雨，一转眼的工夫就没了膝盖；拔出两只脚，站到铜钱上，又没过了踝骨。一间很大的房子，堆积的铜钱约有三四尺深。老头儿这才看着秀才说："能满足你的心愿了吗？"秀才说："满足了。"老头儿一挥手，铜钱就停止了降落。两个人锁上房门，肩挨肩地走了出来。秀才心里暗自高兴，认为成了暴发户了。可是过了一会儿，进房取钱使用，却看见满屋的铜钱，全都没有了，只有做本的十几个铜钱，还稀稀拉拉地留在地上。秀才很失望，就气哼哼地去找老头儿，怨恨老头儿欺骗了他。老头儿很生气地说："我和你本来是文字上的交情，没打算给你做贼！如要满足你的心意，你应该寻找盗贼交朋友，老夫不能承受你的命令！"说完就一甩袖子走了。

脚踏实地

赏析／庞丽丽

　　世界上本来是没有鬼神的，我们聪明的祖先创造了鬼神故事，向我们讲述了很多做人的道理。

　　秀才妄想利用狐仙的法术，发不义之财，使自己变成暴发户，结果"竹篮打水一场空"，他得到的仅仅是一个幻象。秀才这种消极被动的态度决定他将一无所获。

　　一分耕耘，一分收获。勤劳是实现梦想的最朴素的力量。在建筑一幢摩天大厦的时候，基础是至关重要的。没有坚实的基础，任何卓越的设计都是空中楼阁。秀才不想勤劳致富，而是想些邪门歪道，最终还是那十几个铜钱。神仙都帮不了他哦。

　　脚踏实地，依靠自己的力量去实现自己的愿望。或许，我们在过程中会遇到各种困难。但是，只要我们勇敢地面对挑战，总有一天，在我们梦想成真的那一刻，我们能骄傲地说："这是我自己争取的，这属于我的。"

感动系列

善良是治疗创伤的灵丹妙药，是包容万物的宇宙。

东方灰姑娘叶限

●文/许宪龙 韦 甜 林 晋

故事发生在秦代以前，那时天下大乱，诸侯林立，绿林好汉啸聚山林，各自为王。

叶限的父亲就是一个山大王，他先娶了个妻子貌美心善，可惜红颜薄命，生下叶限后便去世了；叶限的后母是个贪婪、自私的女人，对叶限十分刻薄，嫁给她父亲后也生了个女儿，就把叶限当个丫头使唤。好在叶限的父亲疼这个苦命的女儿，时时呵护她，才没有使她受更大的委屈。

不久，叶限的父亲旧伤复发，不治身亡。按山寨的规矩，叶限的后母成了一山之主，叶限从山上的大公主一下子沦为一个奴仆，后母一刻也不让她歇息，十岁的女孩每天得上山砍柴，下厨做饭，挑水，拖地，累得气都喘不过来。叶限很懂事，不吵也不闹，默默地干着这些无休止的体力活，越来越成熟了。

一天，她到河里挑水，回家倒水时无意中发现桶里有条寸把长的小鱼，她高兴极了，把小鱼养在一个大瓦缸里，对于她这个缺少玩伴和欢乐的孩子来说，实在是难得的乐趣，小鱼成了她最知心的朋友。

时间一天天、一月月地过去了，叶限和小鱼都长大了，瓦缸已装不下那条鱼，叶限把它放进后院的水塘中，每天都想方设法弄些好东西喂它。叶限来的时候，只要轻轻呼唤一声那鱼便游到岸边，脑袋探出水面,做出各种滑稽的动作逗她开心;叶限不在,鱼就深深地藏进水底,所以山上的人都不知道水塘里有条大鱼。

叶限每天都要到水塘去一次的事被后母发现了,她悄悄地跟踪叶限,终于知道了这个秘密,就在心里盘算着怎样抓住这条鱼美美地享用一顿。第二天她趁叶限上山砍柴的时候,带着女儿和几个手下拿着网在水塘里折腾,连鱼片也没捞到。她不肯善罢甘休,想出了一条毒计。

过了些天,后母拿着件新衣服假惺惺地对叶限说:"你爹走后,我忙着山寨里的事情,顾不上照顾你,我让人为你做了件新衣服,快穿上看合不合身?"

叶限不知道后母的葫芦里究竟装的是什么药。但她确实好久没有穿过这么漂亮的花衣裳了,于是,就爽快地接过来,脱掉身上那件补丁摞补丁的旧衣衫,高高兴兴地穿上了新衣。"哎哟!看我们的叶限长成个美人了!"后母在一边有些夸张地大呼小叫,"今天你到后山的甜泉去挑水,保准那里的蝴蝶都围着你飞。"说着把扁担和水桶往她手里一塞,连推带搡地把叶限送出了门。

叶限朝后山去了,后母迫不及待地换上叶限脱下的旧衣裳,在衣袖里藏了一把刀,学着叶限的样子来到水塘边,丢了些吃的东西在水面上,轻声呼唤一下。那条躲在水底的鱼以为是叶限,高高兴兴地游了出来,像往常一样到岸边戏水,把脊背露出来让"叶限"抚摸。后母猛地抽出刀,"刷"地刺进鱼腹,鱼还没弄清怎么回事就死了。后母和自己的女儿偷偷地把鱼烤着吃了,鱼骨头埋在塘边的粪土堆里。

再说叶限去了后山挑水,回来后已是傍晚,她顾不上自己吃饭就忙着到水塘边来喂鱼,可是任凭她怎么呼唤也不见鱼出来,她坐在塘边伤心地哭了很久。夜幕降临了,忽然从黑暗中走来一个穿着粗布衣服的女人,低声对叶限说:"你的鱼被狠心的后娘杀死吃了,骨头就埋在这个粪土堆里,你去把鱼骨头取出来带在身边,它会随时帮助你,有求必应。"叶限便照她说的话把鱼骨头挖出来洗干净装在一个小布袋里挂在腰间。

这天是临近各山寨的共同节日，按照惯例各寨首领都要带着本寨人马、百姓与其他寨子在大山中的一处平坝聚会，载歌载舞，欢度一年来难得的悠闲时光。叶限从没机会参加这样的盛会，总被后母留在家里看门，这次后母仍然吩咐她守家，自己带着打扮得妖艳的女儿和一些手下走了。

叶限很想去看一下热闹的场面，她捧着装着鱼骨头的袋子说："请你帮我找一套好看的衣服，一双能走会飞的金鞋，让我也去参加庆祝会吧！"她话音刚落，身上果然便换了一套纯美华贵的衣服，脚上的草鞋变成了金光闪闪的金鞋，她把一头长发盘起来，用两根美丽的野鸡毛做了个别致的头饰，只几步就到了人声鼎沸的会场，成了整个平坝里最美丽、最引人注目的人。小伙子们争着请她跳舞、对歌，各寨的首领们也争先向她献殷勤，她玩得开心极了。她的后母和妹妹虽然看着她觉得面熟，但怎么也想不到她就是受尽她们虐待，整天穿着破衣烂衫的叶限，还以为是哪个有钱有势的山大王的掌上明珠呢！

山里的天，孩子的脸，正在大家玩兴正酣的时候，天空中一声炸雷，豆大的雨点劈头盖脸地砸下来。大伙忙着避雨，你拥我挤踩掉了叶限的一只金鞋，叶限怕被后母发现，顾不上捡鞋，一溜烟地跑回山寨，换回自己的旧衣服在柴房里睡觉，后母回来看到她这个样子，才彻底消除了疑心。

叶限丢掉的那只鞋被一个穷人捡到了，拿到附近的陀汗国卖给了年轻英俊的国王，国王看见这双金鞋精美绝伦，认为穿上这只鞋的人也一定是个美若桃花的女子，便四处张贴告示，寻找她的主人，并说他将娶她为妻，立为陀汗国的王后。

消息传出后，许多贪图富贵的女人都跑来试鞋，不用说，没有一个人穿得进去。慢慢地没有人来试鞋了，国王就派了侍卫拿着鞋子到周围的各个山寨中寻找，终于找到了叶限，叶限换上那晚的装束，美如仙子，把后母和妹妹惊得目瞪口呆，叶限对她们说："你们虽然狠心地偷吃了我养的那条鱼，但它始终是我的好朋友，它的骨头也在帮我！"说得她俩羞愧难当。

叶限去了陀汗国，与国王成了亲，被册封为王后，从此结束了贫苦艰辛的生活。而就在她与国王成亲的那天晚上，天上落下一颗流星，一把火烧毁了她从前住的那个山寨，她的后母和妹妹也葬身火海。

善良与丑恶

赏析／袁艳红

心地善良的人，总在散播阳光和雨露。叶限连一条小鱼也舍不得伤害，对于后母的虐待也只是默默忍受，从没憎恨。一颗善良的心使她获得了回报，她最终沐浴在善良的幸福光辉中。

善良的反面是丑恶，丑恶的人常常不择手段，做出许多伤天害理的事情。叶限后母和妹妹的丑恶行径使得她们终尝苦果，葬身火海。

大千世界，充斥着黑暗和罪恶，潜藏着无数陷阱。保存一颗善良的心，便不会受外界丑恶的诱惑，掉进万恶深渊；保存一颗善良的心，便获得了穿透世间黑暗、照亮人间的力量。

善良是治疗创伤的灵丹妙药，是包容万物的宇宙。让我们从身心出发，从小做起，播种善良的种子，收获幸福的果实！

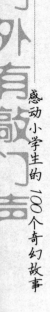
爱，不是占有，是不计回报地付出！是相互尊重！

少女安琪

● 文/玉　清

　　少女安琪在十岁的时候就问过这个问题：越过面前这莽莽森林，越过森林后面的莽莽群山，那里的世界是什么样子的？

　　安琪是一个身高五厘米的美丽小人，她所在的王国叫杉树王国。祖母告诉她，山的那边是地上的王国，那个国度的人没有飞行的翅膀。自古以来就有严格的禁忌：我们不准与地上王国的人交往，否则将遭受严厉的惩罚！

　　转眼，安琪十六岁了。有一天，她和姐妹们在森林里玩，发现一个地上王国的巨人，是一个十七岁的男孩。他显得筋疲力尽，在一棵大树下坐下，吃完最后一点干粮。安琪望着男孩，发现他根本不像祖母说的那样青面獠牙，而是跟自己一样有着温和善良的眼神。男孩再起身上路时，安琪不由得悄悄跟上了他。安琪很快就发现男孩迷路了。她想提醒他走错了，可她不能跟男孩讲话，这是禁忌，触犯禁忌就会遭受灾难，安琪急得无计可施。

　　忽然，安琪想到了一个办法，她拍一拍翅膀，从枝叶间飞出来，故意让男孩看见她。果然男孩吃惊得叫了一声："多么美丽的蝴蝶。"那蝴蝶离他那么近，他仿佛忘记了自己的困难处境，纵身想把蝴蝶捉住，可蝴蝶轻轻一飞，让他扑了个空。安琪用这个有些冒险的方法引导着男孩。每当他想放弃不追她了，她就飞到离他唾手可及的地方，让他忍不住又去追她。在安琪的引导下，男孩走对了方向。终于，男孩走出了森林。

安琪在告别时想为男孩跳一个舞。安琪忘情地跳着忘了防范，男孩突然纵身一扑，敏捷地把安琪捂在了手心里，透过指缝看到了里面的安琪是只美丽的蝴蝶。安琪安静地伏在男孩的手心里，他相信男孩不会伤害他。前面有一处茂盛的灌木丛，开着星星点点的小黄花，长着一簇簇浆果。男孩奔过去，迫不及待地摘下浆果就要往嘴里塞。

"那不能吃！"安琪脱口喊道，"有毒！"

那是一种有剧毒的浆果。就在男孩要吃下毒果的时刻，安琪来不及细想就对男孩大声地喊了出来，等话出了口，才意识到已经触犯了王国的禁忌！她害怕得浑身都颤抖起来，大难就要降临。但她不后悔，她挽救了男孩的生命。听到声音，男孩没见到人，呆望着手里的浆果，迟疑不决，他早已饿坏了，很想用这浆果充饥。安琪不得不及时地阻止他："那果有毒，快扔掉它！我来帮你找能吃的浆果。"

这次男孩听清楚了，声音竟然是来自他手中握着的蝴蝶。

男孩赶紧松开了紧握着安琪的手，安琪翅膀一拍落在灌木的细枝上。男孩惊讶地望着安琪，说："你竟是个美丽的小姑娘！我捉了你，真是对不起！你是小天使吗？"

安琪神色黯然地说："我跟你讲话已经触犯了我们王国的禁忌。"男孩问："会受惩罚吗？"安琪心里很乱，打了个冷战，说："是的，会有大难降临，大巫师严厉极了，我好害怕。"

男孩眼里含了泪："都是为了救我……你犯了禁忌！"

安琪说："那是我自己的事……"男孩沉思了一下，他决定带安琪回他的国度以免遭灾难。他要保护她。也许，真的，要是跟了男孩去，就能躲开灾难。而且，除了对这个男孩有一份好奇之外，安琪心里还缓缓流淌着另一种说不出的情感，何况她从小就向往那边的世界了。于是安琪答应了。

到了男孩的国度，男孩让她住在那套叫"童话王国"的小木房子里。

男孩平生第一次品尝到了关爱别人的滋味。他每天谨慎地锁好房子，下课后急急忙忙地往家跑，他牵挂她。有时，男孩带着安琪到公园里玩,看到有不少相爱的人甜蜜地偎依在一起。男孩微笑着对入神的安琪说:"我们也可以很幸福地在一起。"安琪把头靠在男孩的脸上,眼里满含着晶莹的泪水,但男孩没有看到。

安琪离开自己的国度好久了,有点想家了。安琪试着对男孩说:"要是哪一天我飞走了,你会难过吗?"

男孩说:"是的,我会很难过的。"

但后来,男孩在自己的房间的窗子上开了个小洞,对安琪说:"哪天你要走了,就从那个小洞飞出去。告别会让我心碎。"安琪的眼泪立刻涌了出来,说:"我不走。"

从这天起,安琪有了很重的心事。

直到有一天,安琪让男孩把她的翅膀扯掉,这样她就飞不走了。男孩说:"那怎么行? 我绝不做伤害你的事。"

之后,安琪告诉男孩在她们的国度有一个古老的传说:要是扯掉了她们的翅膀,身体就能逐渐长大。安琪为了能永远与男孩生活在一起,她执拗地要求男孩把她透明的翅膀扯掉。男孩考虑了所有的细节,他有一个担心:"安琪,那个传说可靠吗? 要是扯掉翅膀你却长不大呢? "

虽然安琪说无论结果如何她也不会后悔,但在男孩的要求下她决定回去问个明白。

回到杉树王国安琪说自己被飓风吹到了另一片森林,只有大巫师不相信安琪的话,他用阴郁的眼神盯着安琪说:"我的孩子,你身上带着不祥之气。"

当所有人离去,安琪迫不及待地问祖母:"那个扯掉翅膀就能长大的传说是否是真的? "

祖母说:"孩子,那是幻想身体变大的人编出来的。从古至今,没有谁会这么傻,扯掉翅膀不可能让你长大,只会让你变成怪物。"

安琪黯然神伤。

但安琪还是冒着被巫师发现的危险,决定再去男孩的国度一趟,她要亲自告诉男孩,她无法改变自己了。

安琪偷偷飞出了家门,轻盈地飞过杉树国界,穿行在杉树之间。

蓦地，一个阴郁的声音在她耳际响起："谁与地上王国的人往来就会受到神的惩罚。"安琪吓了一跳，回头看看，周围死一般静寂。她尽量隐藏起踪影，贴着松树悄悄地向前飞行。

松树林在阳光下详和而空明，一团松脂从高高的树上流下来，"吧嗒"一声正好落在安琪的身上。那团金黄色的松脂裹着安琪从高空落下，像一颗凄美的流星，坠入草丛。空中，回荡着巫师阴沉的声音："这是神的惩罚！"

松脂里面的安琪看上去很安详，微闭着眼睛仿佛在祈祷。她的翅膀张着，还保持着飞行的姿势。

亿万年后，她将是一枚美丽的琥珀！

爱，是不会忘记的

赏析／朱晓铃

安琪的故事跟《海的女儿》一样感人、一样让人难以忘怀。

少女安琪为了救助地上王国的男孩，顾不得杉树王国的禁忌。而后为了躲避触犯禁忌所要蒙受的灾难，她随男孩到了他的国度，并相爱了。爱，不是占有，是不计回报地付出！是相互尊重！男孩希望安琪可以留在身边，但他体量安琪的感受，尊重安琪的选择，不想自私地为留住她而伤害她丝毫。而安琪也是为了两人的幸福，决意回到自己的国度一探"扯掉翅膀能长大"传说的虚实。那一刻，她心中只有爱，没有看到将要蒙受的惩罚。谁都料想不到，此去竟是永别！

王国的禁忌灵验了——安琪被松脂包裹，从此只能在远离她的爱人的松脂里飞翔。

安琪最终会是一枚琥珀，像化成泡沫的海的女儿一样。她们肉体的消失却让人们更深地铭记她们心底那份纯洁、真挚而执著的爱！此爱，跟亲情、友情一块长存于世间，不会被忘记！

这些艰巨的任务如果只有侍从一个人是无法完成的,是他的奇特功能和好心帮了大忙,他才能和公主过上幸福美满的生活。

白　蛇

●文/[德]格林兄弟

很久很久以前,有一个国王,他的智慧被人们广为传诵,世界上的事情他没有不知道的, 好像再秘密的事情也会从空气中传到他的耳中。

他有个很奇特的习惯:每天中午吃过午饭,桌上的东西都收拾好,屋内只剩他一个人时,一个忠实的侍从会再给他端来一只碗。这碗有盖子盖着,甚至连这个侍从都不知道里面放着什么,更不用说其他人了。因为国王只在剩下他一人时才揭开盖子吃东西。这样持续了好久,一天,这个端碗的侍从再也无法克制好奇心,把碗拿到自己屋里去了。

他细心地锁上门,把盖子揭开,看见碗里躺着一条白蛇。

一看见这个,他不禁想尝一尝,就割下一小块,放进嘴里。

他的舌头刚触到蛇肉,就听到窗前响起了一种奇妙而尖细的叽叽喳喳声。

他走到窗前谛听,发现叽叽喳喳的声音是外面的麻雀在聊天。它们在告诉对方自己在林间或田里所见的各种事情。原来吃了蛇肉,他就有一种懂得各种动物语言的能力。

正好这天王后丢了她最漂亮的戒指,于是就怀疑是这个到处跑的亲信侍从偷的。

国王把他召来，威胁说如果第二天他还讲不出这戒指是谁偷的，就说明是他干的，要判他死刑。

他为自己的无辜竭力辩白，可毫无用处，没人相信他。

他又悲又急，就到院子里去，想着该怎样摆脱这个困境。

一群鸭子正静静地在水流湍急的溪里蹲着，一边用嘴轻抚羽毛，弄得整洁光滑，一边愉快地聊天。

侍从站着不动，听他们交谈，它们彼此告诉对方今天早上散步的情形，它们找到了哪些好食料。

一只鸭子急躁地说："我肚子里有个很沉重的东西，今天早晨匆忙之中我把王后窗前的戒指吞下了肚。"

侍从迅速地抓住它的脖子，把它拎进厨房，对厨师说："这只鸭子很肥，你最好立刻宰了它。"

"这倒是真的，"厨子说着，把鸭子拿在手里掂了掂，"它不怕辛劳把自己喂肥，早等人来把它烤了。"

于是他宰了这只鸭子，开膛破肚，里面确实有王后的戒指。

侍从在国王面前轻而易举地证明了自己的清白，国王觉得不该那样冤枉他，想作一些弥补，便允许他提出一个要求，而且还答应，只要他开口，可以把宫中一个最好的职位给他。

然而侍从别的什么也不要，只请求国王给他一匹马，以及旅行的盘缠，因为他想出去周游世界，见识一下。国王答应了他的请求，他便上了路。一天，他经过一个池塘，看到三条小鱼被芦苇缠住了，嘴一张一张地想喝水。虽然人们常说鱼不会说话，但他听见它们在为自己这样惨死而唉声叹气。他很善良，下了马，把三条鱼放回水中。它们欢快地蹦跳着，从水中探出头叫道：

"我们不会忘记是你救了我们，我们会报答你的。"

他继续赶路，过了一会儿他似乎听见脚边沙地里有什么声音。他听了一会儿，听见一只蚁王在抱怨："我希望人们和他们笨拙的牲口不来踩踏我们。一匹愚笨的马竟然残忍地把沉重的蹄子踩在我的臣民身上。"

于是,他赶紧把马牵到旁边一条小道上,蚁王叫道:"我们会记得你,报答你的。"

他继续往前,这条路一直通向一个森林,他见到一对老乌鸦站在窝边,正往外扔小乌鸦。"滚吧,你们这些该死的东西,"它们叫道,"我们再也不喂饱你们了,你们已经长大了,可以自己养活自己了。"

可怜的雏鸟躺在地上,扑着小翅膀叫着:"我们这些可怜无望的小鸟,爹妈要我们自己找食吃,可我们还不会飞!我们除了饿死以外,没有别的法子了。"

善良的青年下了马,用剑把自己的马宰了,留下马的尸体给小乌鸦做食物。它们在尸体旁跳来跳去,吃得饱饱的,叫着:"我们不会忘记你,一定会报答你的。"

于是他只得依靠两条腿步行,走了很长一段路,来到一个大城市。街上熙熙攘攘,一个骑马的人高声喊道:"国王的女儿要招驸马,但任何向她求婚的人必须先完成一项艰巨的任务,如果他没有成功,那就会丢掉自己的性命。"

许多人都试过了,但他们都白白送了性命。

这个青年见了公主后,他为公主的美貌所倾倒,以致忘了一切危险,立刻去见国王,通报自己是个求婚者。他立刻被带到海边,国王把一只金戒指当着他的面抛进了海里。然后国王命令他从海底把戒指捞上来,还说:

"如果你没找到戒指就上了岸,你会被重新抛进海里,直到波浪把你淹死。"

人人都为这英俊的青年感到惋惜,但他们只得走开,留下他独自一人在海边。

他站在海边,正在思考该怎么办时,一下看见三条鱼向他游来,而且正是他救过的那三条鱼。

中间一条鱼嘴里衔着一只贝壳,它把贝壳放在青年脚边的沙滩上。他捡起来打开一看,那只金戒指就在里面。

他兴冲冲地带着戒指去见国王，以为国王一定会把答应的奖赏赐给他。

然而骄傲的公主得知他出身低微，很瞧不起他，要求他再完成一个任务。

她走到花园里，在草地上亲自撒了满满十袋小米，说："你必须在明天太阳出来以前把每一粒都捡出来，一粒也不能丢失。"

青年可怜巴巴地坐在花园里，想着该怎么办。可是他什么办法也没有想出来，只好难过地坐在那里，等着天亮被处死。

但当第一抹阳光照到花园里时，他看见并排十袋小米装得满满的，一粒也没有丢失。原来蚁王带着成千上万的蚂蚁连夜赶来，这些满怀感恩的小动物勤快地捡起了小米，装满了袋子。

不久公主亲自来到了花园，看见青年完成了这样艰巨的任务，很是惊异。

可她那颗骄傲的心还没有被征服，她说："虽然你完成了这两项任务，但你还得把生命树上的金苹果摘一个给我，才能成为我的丈夫。"

青年不知道上哪儿找这棵生命树。然而，他还是出发了，而且准备一直找下去，直到他走不动为止。不过他也没抱多大希望。他走过了三个王国，一天夜里来到一个大森林，他躺在一棵树下准备睡觉。

这时他听见树林里传来一阵沙沙声，一只金苹果掉在他手中，这时三只乌鸦飞下来，停在他膝上说："我们是你从死亡中救出来的小乌鸦，我们长大了，听说你在找金苹果，我们越过海洋，飞过天涯，那儿长有生命树，就给你摘来了金苹果。"

青年心里十分高兴，踏上了回家的路，把金苹果给了美丽的公主，她这时再也找不到任何借口了。他俩把金苹果切成两半，吃了下去，她心中充满了对他的爱慕之情，他们白头偕老，生活得美满幸福。

善有善报

赏析／庞亚燕

　　为什么国王能够知道所有的事情呢?因为他吃了神奇的白蛇肉,有了能听懂动物说话的能力,而动物能知道很多人类不知道的事情。后来侍从也有了这种能力,因为他也吃了白蛇肉。

　　幸好他能听懂鸭子的话,很轻松地找回了王后丢失的金戒指,也洗清了自己的罪名,更可以周游世界了。

　　这个侍从是一个善良的人,在他旅行的过程中,他救了三条小鱼、一群蚂蚁、三只小乌鸦。好心有好报,在他为娶到美貌的公主不怕丢掉性命去完成任务的时候,这三种动物都赶来帮忙了。

　　三条小鱼为他从海里找回了戒指,蚂蚁们为他连夜捡起了撒在草里的十袋小米,而三只乌鸦则为他越过海洋、飞过天涯找到了生命树上的金苹果。这些艰巨的任务如果只有侍从一个人是无法完成的,是他的奇特功能和好心帮了大忙,他才能和公主过上幸福美满的生活。

莫名其妙

门外有敲门声

寂静的夜,冰冷的月光。

一只老鼠,凭空跳出来,看不到头,看不到尾!

它慢慢地念着古老的咒语,什么也看不到,什么也听不到,只闻到淡淡的花香。

天上的月亮砸下一些碎片,四处飞扬,在海里荡起了无数的水花,那一抹柔和的光竟然燃烧起来……

那只传说中的独角兽,拔去自己奇怪的菱角,再也看不到了!

它的眼睛落下了晶莹剔透的液体,掉到了地面,变成了一潭湖水……

一切都很莫名其妙。

我们要遵守自己的诺言，讲过的话就要算数，答应别人的事就要尽量做到，不能失信于人。

神奇的鹦鹉波比

● 文/何小波

有一个猎人叫多尔，这天他捉住了一只鹦鹉，鹦鹉可怜巴巴地求饶说："我叫波比，好心人，求你放了我吧！"

多尔告诉鹦鹉，他家有三天揭不开锅了，就等着拿这只鹦鹉去换了钱买米下锅呢。波比想了想说："只要你能放了我，我就让你发一次大财。"

多尔一听立刻来了精神，说："行！"波比让多尔走近它，悄悄地说："山南有一株老山参，足足有一斤八两，你去挖了吧。"多尔犹豫了起来，他知道那里有蛇王守着，没有谁能走近，到那里去挖参，那不是送命吗?波比让多尔尽管放心："你拔了我尾巴上的那根绿羽毛，插在靴子上，这样就可以走近了！"

多尔十分高兴，他把波比带回家关在笼子里，拔了波比尾巴上的那根绿羽毛就出发了。一个月后，多尔挖回了那株老山参，然后卖了，买回了许多食物和山珍海味，这时波比开口了："该履行你的诺言了，放了我吧。"

多尔听了，觉得应该把鹦鹉放了，他正要打开笼子，妻子却不答应，说："不行，除非让它再帮我们发一次财！"多尔一听，连连拍着自己的脑袋，怪自己太笨，还是妻子聪明呀！波比见多尔不肯履行诺言，无可奈何，说："可以再帮一次，但希望你们这次一定要履行诺言！"

多尔和妻子答应了，波比又悄悄地说了一个秘密:山北有一株灵芝,足足长了一万年,但那里是万丈悬崖,没有谁上得去,只要拔了它翅膀上的黄羽毛绑在腰间,就可以飞上去了。多尔喜出望外,他拔了波比的黄羽毛又出发了。两个月后多尔采回了灵芝,然后卖了,买了漂亮的别墅。

波比让多尔夫妻俩履行自己的诺言,多尔正要去打开笼子,可是他的儿子不答应了,于是波比又让多尔拔了它背上的紫羽毛,去山东采了一颗足球那么大的夜明珠,卖了珠子后又买了飞机、轿车、游艇……

这一次波比认为多尔一家总该放它了,谁知多尔的女儿死活不答应,于是波比又只好让多尔拔了它腹下的蓝羽毛,去山西的洞里背回了一尊足有三尺高的金佛,回来后卖了金佛,买了数不尽的华丽高贵的服装和金银首饰。

波比看着多尔全家喜气洋洋的样子,说:"这回你们总该履行诺言了吧!"

多尔的眼里放着贪婪的光,说:"波比,感谢你一次又一次地让我们发财,帮人帮到底,假如你能说出一个使我们长久发财的办法,我们就放了你。"

波比想了想,平静地说:"你拔了我脖子上的橙羽毛去炒股吧,它会告诉你买哪只股可以赚钱。"多尔乐呵呵地拔了波比脖子上的橙羽毛,真的去证券市场炒股去了。说来也真怪,从波比脖子上拔下的这根橙羽毛会开口说话,它每一次都会告诉多尔该买哪只股票,多尔按它说的去买,每一回都十拿九稳。转眼,两年过去了,多尔成了亿万富豪,可是他早已忘记了当初的诺言,一直不放波比。

一天,橙羽毛告诉波比,买"杜鹃鸟"股票可以大赚,于是多尔倾其所有,又从银行里贷了巨款全买了"杜鹃鸟",不料,第二天"杜鹃鸟"股票直线下跌,一下子成了垃圾股,多尔血本无归,破了产。他气急败坏,一不留神,从楼梯上摔了下来,医生说活不了几个月啦,多尔把波比和自己关在屋子里,他咬牙切齿地说:"你这只可恶的鹦鹉,不是说这根橙羽毛会炒股吗?可这家伙害得我欠了一屁股债!"说完,他狠狠地把橙羽毛扔在地上。

波比听了,眨了眨眼说:"这根羽毛淋过雨吗?"

"昨天不小心淋过。"

波比大惊失色:"忘了告诉你,它淋了雨就不灵了呀!"

多尔听了咆哮如雷:"你这该死的坏家伙为什么不早点说?你这不是成心让我倒霉吗?不过,你还有什么办法能使我发财?如果你这次能使我发财,我一定放了你,决不食言!"

波比叹了口气,小声说道:"如今,我有神力的羽毛只剩头上这根红羽毛了,你把它拔下来,它就会变成一颗红宝石,你叫人把它拿到当铺换成钱,然后拿了这些钱去买……"

五天后,家人发现多尔在别墅中死了,他倒在窗下的床边,这扇窗上面的气窗是开着的,那个鸟笼还挂着,鸟笼的小门开着,鹦鹉却不见了。警方检查现场后认为:多尔是被刀片割断咽喉死去的,可现场却没有留下任何指纹和足印,没发现刀片或别的什么凶器,于是,刑警们认为多尔是被人谋杀的,因为如果是自杀,现场应该有凶器,可是刑警和警犬反反复复、前前后后、仔仔细细搜查了好几遍,也没发现任何凶器,甚至连一点蛛丝马迹也没有,因此,刑警们断定有人杀了多尔后把凶器带离了现场……

那么,是谁谋杀了这个欠了一屁股债又活不了几天的多尔呢?为什么要谋杀他呢?谋杀他又有什么好处呢?

后来,刑警在多尔的保险箱中发现了一张保险单,一看,多尔在死前买了巨额人寿保险,保险单上有以下规定:如果多尔死于意外被杀或谋杀,其亲人可以获得巨额保险赔偿,受益人是他的妻子和儿女;如果多尔是由于自杀身亡,其亲人则不能获得此项保险金。看到这里,刑警们恍然大悟,立即拘捕了多尔的妻子和儿女。

多尔的妻子见了警察立刻嚎叫起来:"你们凭什么拘捕我们?"

警察板着脸,冷冷地说:"我们怀疑你和你的儿女合谋杀害了你的丈夫,企图骗取巨额保险赔款,你们等着坐牢吧!"

多尔的儿子一听叫了起来:"那不是我们干的,是波比!"

"波比是谁？"

多尔的女儿一边哭一边说："我们家养了一只鹦鹉，它用头上的红羽毛变成宝石叫我父亲到当铺换了钱，又叫我父亲用这些钱买了保险。它对我父亲说：反正你活不了几天了，倒不如用死骗一笔保险金留给妻子和儿女。它还教我父亲将一片刮胡须的刀片用一根细绳绑在它的爪上，接着让我父亲打开鸟笼的小门，然后我父亲用刀片割破自己的咽喉，鹦鹉在我父亲松手后，从气窗带着刀片飞走，这样，明明是自杀的，却留下了谋杀的假象，按照保险公司的规定，他们就得赔偿保险金了……"

几个刑警一听全都哄堂大笑："哈哈，你是在编《天方夜谭》吧？谁会相信这世界上竟有这么神奇的鸟？"

门外有敲门声

感动系列

多尔的妻子对警察说："我女儿说的全是真的。"多尔的儿子又把这件事的来龙去脉从头到尾说了一遍，警察问多尔的女儿："你又是怎么知道那鸟教你父亲骗保的这番话？你知道了为什么不阻止？"

多尔的女儿说："我在门外偷听到的，警察先生，你一定要相信我，当时我也认为那只该死的鹦鹉说得有道理，所以我就没声张。"

其实，多尔的女儿说的全是实话，可是，法官和全城的老百姓有谁会相信这些话呢？神奇的波比在报复了多尔后安然脱身，又让多尔的妻子和儿女们拿不到保险公司的一分钱，反而全得去坐牢，好聪明的波比！

知足和诚信

赏析／戚玉春

这是一个现代版的《渔夫和金鱼》的故事。猎人有了填饱肚子的食物后，又有了别墅，甚至飞机、轿车、游艇、华丽高贵的服装和金银首饰……可他还不满足，还要求鹦鹉教给他一个长久的发财方法，最后，却死于自己的贪欲。从这个故事中，我们再次看到了贪得无厌带来的后果。

一个人的欲望是不断膨胀的，当他满足了最基本的生存条件后，就希望有更高的物质享受，可是当欲望到达一定限度也会爆炸。我们应该从这个故事中吸取教训：无论在什么时候，都不要贪得无厌。更重要的是，我们要遵守自己的诺言，讲过的话就要算数，答应别人的事就要尽量做到，不能失信于人。

他的爱心和正义给他带来了丰厚的回报。

八百老虎闹东京

●文/石 磊

古代有个青年叫王天亮,以打柴为生。

一天他上山打柴,忽然看见一只老虎,伸着滴血的舌头,走到他面前,摇头摆尾似有所求。天亮问:"虎大哥,你若是有病,就把头点上三点;若不是,把尾摆上三摆。"老虎听了把头点了三点。天亮看后又问:"虎大哥,你若是病在嘴里,再把头点上三点;若不是病在嘴里,把尾摆上三摆。"老虎又把头点了三点。天亮奇怪地说:"虎大哥,你坐起来让我看看。"老虎听罢果真坐了起来。天亮仔细往老虎嘴里察看,原来是一根骨刺扎进舌里,舌上肿了个疙瘩,有一只核桃大,流着脓血。天亮轻轻把手伸进虎口,拔出了那根骨刺。接着他又从衣袋里掏出一个朱红瓷瓶,倒出一点儿祖传自制创伤灵药,敷到老虎伤口上。不一会儿,老虎的伤就好了。老虎很感激,对天亮说:"我们拜为兄弟吧!"天亮欣然答应。从此,天亮便按照虎大哥的意思,每天到南山湖边打柴。那里山清水秀,林茂花繁,百鸟和鸣,犹如仙境一般。

有一次,天亮打完柴依着苍松坐在青石上休息,忽然发现前面不远处有一枚大得出奇的鸟蛋。天亮见了如获至宝,把蛋揣进怀中,挑着柴喜滋滋地回家去了。

天亮十分珍爱这枚鸟蛋,用棉花把它包得厚厚的,晚上睡觉也放在被窝里紧紧贴在身边,盼望有朝一日孵出一只大鸟来。

过了不久,果真有一只壮实的小鸟儿"啾啾"地破壳而出。天亮母子把它看作掌上明珠,一日三餐,精心饲养,百般爱护。

日子一天天过去，鸟儿慢慢长出了金光夺目的羽毛。"啊！"天亮母子惊异地叫道，"原来它是一只美丽的凤凰啊！"

金凤凰渐渐长大了，天亮母子却一天天瘦下去。金凤凰忽然开口说话了："妈妈和哥哥为我都瘦了，现在我的翅膀硬了，我要远飞了。三年后我来报答你们的大恩。"说罢，它泪如雨下，走到院中，振翼长鸣，凌空而去。

金凤凰栖息在湖边白雪山紫微峰上。每年五月初一日出时，百鸟朝凤，和鸣如乐，响彻云霄，这一盛况很快传遍四方。

开封府尹之子听说此事，来找天亮，愿出银千两买金凤凰。天亮不从，公子大怒，哗啦啦拔出宝剑，指着天亮威逼道："你若不从，立刻刺死你！"天亮斩钉截铁地说："休想！"公子无可奈何，将天亮带回开封府关押在死囚牢中。

一晃三年已过，金凤凰化作一绝世美人来到天亮家中，向老母说明身世和来意。老母欣喜万分，感叹不已。天亮不在家，金凤姑娘就日夜操劳，侍奉老母，体贴入微，极尽孝道。有一天，老虎来探望天亮，当听说天亮被关在开封死囚牢中时，立即跑到高山顶上，向东吼了三声，东山来了两百只猛虎；向西吼了三声，西山来了两百只猛虎；向北吼了三声，北山来了两百只猛虎；向南吼了三声，南山来了两百只猛虎。虎王率领着这八百只猛虎，向开封疾驰而去，吼声震天撼地，卷起滚滚尘沙。

开封府尹听说虎群拥来，惊恐万状，急令四门紧闭，军士上城守卫。虎王率领八百只猛虎来到开封城下，见四门紧闭，顿时勃然大怒，一个号令，八百只猛虎伏地一声长吼，纵身跃起，全都跳上城墙，把那守城军士一个个吓得瘫在地上，面无人色。说也奇怪，这八百只猛虎竟无一去伤害军士和民众，一阵风都随着虎王奔向府尹大堂。霎时，大堂里里外外、房上房下都是猛虎。府尹一见，手麻脚软站立不稳，跪在地上似筛糠一般。

虎王走上堂来，痛斥府尹道："你纵子行凶，为何害苦王天亮？身为父母官，不为百姓兴利除害，反而祸害一方，要你何用？"府尹听着，跪在地上连连求饶。虎王命他跪着用膝盖走路，到大牢里，请出恩人王天亮，然后横扫一尾，将府尹甩出三丈之外，又将府尹的儿子吞进了肚里。虎王请王天亮骑上虎背，率领众虎归山。王天亮只听一阵风声怒吼，快如闪电，不觉回到了家里。金凤姑娘听到了，慌忙出来迎接。虎王见他们郎才女貌，有情有意，便做媒让他们结为美满夫妻。从此，王天亮一家三口过上了幸福的日子。

好人有好报

赏析／李盛欢

　　王天亮是个真诚、善良且富有爱心的人。

　　他上山打柴见老虎有病难受，不但替老虎治病解痛，而且跟它结为兄弟；他捡到一枚鸟蛋的时候，也能把它带回家小心呵护和养育起来。并且为了保护金凤凰，王义地拒绝了开封府尹之子，得罪了权势，被关押在死囚牢里。

　　但他的爱心和正义也给他带来了丰厚的回报。首先金凤凰变成了一个绝世美人来到他家，帮他操劳家务，替他尽孝道，照料他母亲。而被他救过的那头老虎，则叫来东南西北各座山上的老虎共八百只，浩浩荡荡地奔向开封府把他救了出来。

　　所谓好人一生平安。最后，在虎王的撮合下，王天亮和金凤凰一起过上了幸福的生活……

守信用是一种美德，谨记：言必信，行必果。

三个黑公主

● 文/[德]格林兄弟

　　东印度被敌人包围了，敌人要得到六百元，才肯退兵。于是市民们打着鼓向全城报告，谁能筹出六百元，就可以当市长。那里有一个贫穷的渔民，同他的儿子到海边去打鱼，敌人来了，捉去了他的儿子，给了他六百元。于是渔民把这笔钱交给城里的大人先生们，敌人走后，渔民当了市长。大人先生们并且宣告说，谁不叫他"市长先生"，就要把谁送到绞架上处死刑。

　　后来，他的儿子从敌人手里逃跑了，来到一个高山上的大森林里。山裂开了，他走到一座施过魔法的大宫殿里，里面桌、椅、板凳都用黑布盖着。有三个穿黑衣服的公主走出来，全身只有脸上有一点白色。她们叫他不要害怕，她们不会伤害他，因为他可以救她们。他说他愿意尽力，只是不知道怎样办。她们叫他一整年不同她们说话，也不要看她们；他想要什么，可以告诉她们，如果她们可以回答，她们就回答。他在那里住了一些时候，有一天他说他想到他父亲那里去，她们叫他带一袋子钱去，又叫他穿另一件衣服去，一星期之后回来。

　　于是他的身子忽然腾空起来，马上到了东印度。他在渔民草屋里找不着他的父亲，就向人打听那贫穷的渔民到哪里去了。他们告诉他，不要这样称呼他，不然就要上绞架。他跑到他父亲住的家里，说："渔民，你怎么到了这里呢？"父亲回答说："你不能这样说，如果城里先生们听到了，他们就会要你上绞架。"但是他仍不肯改口，他就被送到绞架上去。他到了那里的时候说："哦，先生们，请你们准我到渔民的旧草屋里去一趟。"后来,他穿着旧衣服,回到先生们那里说:"你们看,我不是贫穷渔民的儿子吗?我不曾穿着这套衣服替我的父母挣面包吗?"他们才认识他,请他原谅,并送他回家。他向他们讲一切经过的情形:他到高山上森林里去的时候,山裂开了,他走到一座施了魔法的宫殿里,里面一切都是黑的,来了三个公主,也完全是黑的,只是脸上有一点白色。她们叫他不要害怕,因为他可以救她们。于是他的母亲说,这不好,叫他带一枝供神的蜡烛去,把点热了的蜡,滴到她们脸上。

他回到宫里,很害怕,她们睡觉的时候,他把蜡滴到她们脸上,她们立刻就白了一半。三个公主都跳起来说:"你这个可恶的狗,我们的血要向你报仇,现在世界上没有人,而且将来也没有人能救我们了;我们还有带着七根链条的三个兄弟,他们要把你弄得粉碎。"于是整个宫殿都呼啸起来,他从窗户里跳出来,折断了腿,宫殿又沉到地下去了,山也合上了,再没有人知道宫殿在什么地方了。

守 信 用

赏析／庞丽丽

俗话说:君子一言,驷马难追。这句话意思是君子把话说出去之后,就不再反悔。它强调了守信用的重要性,说到就要做到!诺言是不可违背的。

故事中,渔民儿子忘记自己和三个黑公主之间的"不要看她们"的约定。他听了母亲的话,把蜡滴在了公主的脸上。结果,永远都没有人能够救出黑公主了。渔民儿子也被赶出魔法宫殿,还折断了腿。这就是不守信用的后果,害了别人也害了自己。

守信用是一种美德,谨记:言必信,行必果。请认真遵守自己许下的诺言!

我们做人要知足，人们常常说，知足常乐。

狼 和 狐 狸

● 文/[德]格林兄弟

　　狼以前是和狐狸住在一起的，而且狼要什么，狐狸就得去做，因为狐狸较弱。有一次他们一起穿越一片大森林，狼说："红狐，去给我找点吃的，不然我就把你给吃了。"狐狸回答说："我知道附近有个农场，里面有两只小羊。如果你愿意，我们就去弄一只来。"狼觉得这主意不错，和狐狸来到农场。狐狸溜进去偷了一只小羊交给狼，自己很快走开了。狼吃完那只小羊，觉得不过瘾，还想吃，于是自己跑去偷。狼笨手笨脚的，马上被母羊发现了，便"咩咩"地惊叫起来。农夫听到了跑出来一看是只狼，毫不手软地将它一顿痛打，直打得狼嚎叫着，一瘸一拐地跑到狐狸那里去了。"你骗得我好苦哇！"狼说，"我想再吃一只羊，那农夫突然袭击，打得我几乎变成肉酱了！"狐狸却说："谁让你这么贪婪啊。"

　　第二天他们又来到农场。贪婪的狼说："红狐，去给我找点吃的，不然我就把你给吃了。"狐狸回答说："我知道有户农家今晚要煎薄饼，我们去弄些来吃吧。"他们来到农舍，狐狸围着房子蹑手蹑脚地转了一圈，一边嗅一边朝里张望，终于发现了放饼的盘子，就去偷了六个薄煎饼交给狼。"这是给你吃的。"狐狸说完就走了。狼转眼就吃完了六个薄饼，对自己说："这些饼真让人还想吃。"于是狼跑到那里，把整个盘子都拖了下来，结果盘子掉在地上打得粉碎。响声惊动了农妇，她发现是只狼，连忙叫人，他们一起用棍子狠狠地打，直打得狼拖着两条瘸了的腿嚎叫着逃回了森林。"你太可恶了，竟然把我骗到那农舍，结果被农夫抓住,打得皮开肉绽的。"可狐狸说:"谁让你这么贪婪啊。"

第三天,它们又一起出去,狼只能跛着脚走,它又对狐狸说:"红狐,去给我找点吃的,不然我就把你给吃了。"狐狸说:"我知道有个人今天正好杀了头牲口,刚腌的肉放在地窖的一个桶里,我们去弄些来。"狼说:"我跟着你一起去,假如我被逮住了,你也好帮我一把。""行。"狐狸说着就将通向地窖的小路告诉了狼。它们终于来到地窖,那里有很多肉,狼张口就吃了起来。狼想:"我要用足够的时间吃个痛快才走。"狐狸也很爱吃,但它总是四下张望,时不时跑到进来的洞口,试试自己的身体能不能钻出去。狼问:"亲爱的狐狸,你能不能告诉我你为什么总是跑来跑去、钻进钻出的?""我得看看是不是有人来了,"狡猾的伙伴回答说,"别吃太多了!"狼却说:"我要把桶里的肉全部吃光为止。"此时农夫听到狐狸跳进跳出的声音,就朝地窖走来。狐狸一看到他的影子,自己一溜烟地钻出去逃走了。狼也想跟着跑,可它吃得肚子鼓鼓的,在洞口卡得牢牢的钻不出去了。

农夫拿着一根棍子把狼打死了,而狐狸却跑回了森林,为能够摆脱那贪得无厌的狼而感到十分高兴。

知 足 常 乐

赏析／莫文英

为什么狼两次都被捉住,最后还被杀死呢?因为贪婪啊。这又是一个告诉我们不要贪婪的故事。如果狼前两次都吃完就走,它当然就不可能被捉住,也不会被打。如果吃不饱的话,当然可以再吃,但是狼却吃饱了还想吃,这就是贪得无厌。我们做人要知足,人们常常说,知足常乐。我们总会觉得东西越多越好,事实并不是这样的。东西越多,就越会变成累赘,变成累赘的东西,就会带给我们负担。最后狼不是被打死了吗?就因为它吃太多,身体太胖,钻不出洞口啊!这就是贪婪的后果。

善良的心灵总会战胜贪婪丑行，我们要有一颗美好的心灵，不贪得无厌，做好自己的本分。

渔夫和金鱼的故事

● 文/[俄]普希金

从前有个老头儿和他的老太婆，住在蔚蓝的大海边；他们住在一所破旧的小木棚里，整整有三十三年。老头儿出去撒网打鱼，老婆在家里纺纱织线。有一次老头儿向大海撒下渔网，拖上来的是一网水藻。他再撒了一次网，拖上来的是一网海草。他又撒下第三次网，这次网到了一条鱼，不是条平常的鱼——是条金鱼。金鱼苦苦地哀求！她用人的声音讲着话："老爹爹，您把我放回大海吧！我要给您贵重的报酬：为了赎回我自己，您要什么都可以。"老头儿大吃一惊，心里还有些害怕：他打鱼打了三十三年，从没有听说鱼会讲话。他放了那条鱼，还对她讲了几句亲切的话："上帝保佑你，金鱼！我不要你的报酬；到蔚蓝的大海里去吧，在那儿自由自在地漫游。"

老头儿回到老太婆那儿去，向她讲起这件天大的怪事情："我今天捉到一条鱼，是条金鱼，不是平常的鱼；这条鱼讲着我们的话，请求我把她放回蔚蓝的大海，她要拿贵重的报酬来赎回她的身子：为了赎回她自己，我要什么都可以。我不敢要她的报酬；就这样把她放回蔚蓝的大海。"老太婆指着老头儿就骂："你这个蠢货，真是个傻瓜！你不敢拿这条鱼的报酬！就是问她要一只木盆也好，我们那只已经破得不像样了。"于是老头儿就走向蔚蓝的大海，看见大海在轻微地起波浪。他就开始叫唤金鱼，金鱼向他游过来，问道："您要什么呀，老爹爹？"老头儿向她行了个礼，回答道："鱼娘娘，你做做好事吧！我的老太婆把我大骂,不让我这个老头儿安静:她想要一只新木盆;我们那只已经破得不像样。"金鱼回答道:"用不着难过,去吧,上帝保佑您,你们马上就会有只新木盆。"

老头儿回到老太婆那儿去,看见老太婆果然有了一只新木盆。这次老太婆骂得更厉害:"你这个蠢货,真是个傻瓜!只要了一只木盆,你真蠢!木盆能有多大用处?蠢货,滚回到金鱼那儿去:向她行个礼问她要座木房子。"

于是老头儿就走向蔚蓝的大海,看到蔚蓝的海水发起浑来。他开始叫唤金鱼,金鱼向他游过来,问道:"您要什么呀,老爹爹?"老头儿向她行了个礼,回答道:"鱼娘娘,你做做好事吧!老太婆骂得我更厉害,不让我这个老头儿安静:爱吵闹的婆娘想要座木房子。"金鱼回答道:"用不着难过,去吧,上帝保佑您,就这样吧:你们准有座木房子。"

老头儿走向自己的小木棚,小木棚已经无影无踪;在他的面前,是座有明亮的房间的木房子,装着砖砌的白烟囱,还有橡树木板钉成的大门。老太婆坐在窗下,指着丈夫就破口痛骂:"这个蠢货,你真是个地道的傻瓜!只要了座木房子,你真傻!滚回去,向金鱼行个礼说:我不高兴再做平凡的农妇,我要做个世袭的贵妇人。"

老头儿又走向蔚蓝的大海,这时看到蔚蓝的海水不安静起来。他就开始叫唤金鱼,金鱼向他游过来,问道:"您要什么呀,老爹爹?"老头儿向她行了个礼,回答道:"鱼娘娘,你做做好事吧!老太婆的脾气发得比以前更加大,不让我这个老头儿安静:她已经不高兴再做农妇,她要做个世袭的贵妇人。"金鱼回答道:"用不着难过,去吧,上帝保佑您。"

老头儿回到老太婆那儿去。他看见了什么?原来是座高大的楼房。他的老太婆站在台阶上,身上穿着名贵的黑貂皮背心,头上戴着锦绣的帽子,珍珠挂满了颈项,手上戴着嵌宝石的金戒指,脚上还穿着一双红色的小皮靴。站在她前面的,是勤劳的奴仆;她揪住他们前额上的头发,鞭打他们。老头儿对他的老太婆说道:"你好啊,可敬的贵妇人！大概，你的小心儿现在总该满足了吧。"老太婆骂了他一顿，就把他派到马房里去干活儿。

过了一周又一周，老太婆的脾气发得更厉害；她再派老头儿到金鱼那儿去。"滚回去，向金鱼行个礼说：我不想再做世袭的贵妇人，我要当个自由自在的女皇。"老头儿吓了一跳，恳求道："你怎么啦，婆娘，难道吃了毒草发了疯？走路，说话，你都不会！你要惹得全国上下哈哈大笑。"老太婆气得怒火冲天，就打了老头儿一个耳光。"土佬儿，你胆敢和我，和我这个世袭的贵妇人顶嘴？滚到海边去，老实对你说：你不去，也押着你去。"

老头儿跑向大海，他看到蔚蓝的海水变得阴暗起来。他开始叫唤金鱼，金鱼游过来，问道："你要什么呀，老爹爹？"老头儿向她行了个礼，回答道："鱼娘娘，你做做好事吧！我的老太婆又在大吵大嚷：她已经不高兴再做世袭贵妇人，她要当个自由自在的女皇。"金鱼回答道："用不着难过，去吧，上帝保佑您！好吧！老太婆就会变成女皇！"

老头儿回到老太婆那儿去。怎么回事？在他的面前是皇家的宫殿。他看见老太婆在宝殿里面，她当了女皇，坐在桌旁，侍奉她的都是大臣和贵族，给她斟满外国来的美酒；她吃的是印着花纹的糕饼；一群威武的卫兵站在她的周围。肩上都扛着斧头。老头一看，吓了一大跳！连忙对老太婆双膝跪下，说道："你好啊，威严的女皇！喏，你的小心儿现在总该满足了吧。"老太婆看都没看他一眼，就吩咐左右把他从眼前赶开。大臣和贵族们都奔过来，抓住老头儿的脖子推出去。到了大门口，卫兵们又赶过来，差点儿用斧头把他砍死。人们都在嘲笑他："老糊涂，真活该！对于你，糊涂虫，今后要记住这个好教训：一个人应该安守本分！"

过了一周又一周，老太婆的脾气发得更厉害。她派了朝臣去找她的丈夫，他们找到老头儿，带到她的面前来。老太婆对老头儿说："滚回去，向金鱼行个礼说：我不高兴再当自由自在的女皇，我要当海上的女霸王，这样就可以生活在大海洋上，让金鱼来侍奉我，还要她供我使唤。"

老头儿不敢违抗，也不敢说什么话来阻挡。于是他就走向蔚蓝的大海，看见海面上起了黑色的大风浪；激怒的波涛翻动起来，在奔腾，在狂吼。他就开始叫唤金鱼，金鱼向他游过来，问道："你要什么呀，老爹爹？"老头儿向她行个礼，回答道："鱼娘娘，你做做好事吧！我怎样才能对付我那个该死的婆娘？她已经不高兴再当女皇，她要当海上的女霸王；这样她就可以生活在大海洋上，要你亲自去侍奉她，还要供她使唤。"金鱼什么都没有讲，只用尾巴在水里一划，就游进了深深的大海。老头儿长久地站在海边等候回音，没有等到，就走回到老太婆那儿去，一看：在他的面前仍旧是那所小木棚；他的老太婆正坐在门槛上，摆在她面前的，还是那只破木盆。

恶 有 恶 报

赏析／梁斯丽

"老头儿"从一次撒网打鱼中捞到了一条不平常的"金鱼"，"金鱼"答应用贵重的报酬赎回自己，"老头儿"谢绝了，而"老太婆"却不满足地三番四次叫"老头儿"向"金鱼"索取报酬，而且要求一次比一次过分，最后落得个"一场空"的下场。作者用这个故事赞扬了善良、美好的心灵，鞭挞了贪婪的丑行。从中我们认识到贪得无厌，最终苦的还是自己，做人就应该知足常乐，踏踏实实地做事。如果太过贪心，什么都想要，最后将一无所有。相信小朋友们都很喜欢那条不平常的"金鱼"吧。"金鱼"是善良的，懂得知恩图报。从这个故事中，使我们懂得：贪得无厌没有好结具，要做一个善良的人。

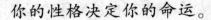

你的性格决定你的命运。

两邻居遇鬼的故事

● 文/佚 名

从前有两个人，一个叫罗布，他有一百个银币的财产，而且力气比牦牛还大，就是胆子小，像老鼠一样；另一个叫塔青，穷得家里只有一个铜币，身体也不结实，胆子却大得吓人，阎王来了也不怕。他们俩屋连屋，中间隔道篱笆。每天晚上，罗布都要把一百块银币数一遍，"嘶令""嘶令"，老远都能听见。塔青呢，也把那个铜线丢得丁当响，传到罗布耳朵里，以为他比自己还有钱，不能小看他。

一天晚上，罗布正在数钱，突然进来一个鬼，没有皮肉，全身只有骨头。罗布吓得战战兢兢，银币通通掉在地上。鬼在他的脸上摸了一下，就不见了。罗布早晨醒来，发现银币丢了，自己嘴巴也歪了。只得暗暗叫苦，连门也不敢出。

第二天晚上，这个鬼又出现在塔青面前，肩上还扛了个皮口袋。塔青连忙打招呼："喂，朋友，有什么事？"鬼说："对门有个老头快死了，阎王派我来收气，请你帮帮忙，行不行？"塔青说："当然可以！"说完，就跟着鬼出门了。

一路上，他们边走边谈，简直跟老朋友一样。塔青说："收气这玩意儿，我是头一回干，你得教教我。"鬼把皮口袋拿下来，连比带划地说："这玩意儿最简单不过了。把它放在病人的鼻子下，慢慢往里收气，他全身就会抽筋，眼睛就会瞪天，你把皮口袋用绳子捆紧，这个人的命儿就完蛋了。"

"哎呀呀！太可怕了！难道就没有还魂的办法吗？"塔青装做害怕

的样子问。

"当然有。"鬼说,"把气口袋放在死人的鼻子下,慢慢打开绳子。朝鼻子里送气,他的眼就会变活,眼睛会慢慢放光,人便活过来了。"

"这么说来,你们鬼是什么都不怕!"塔青又傻乎乎地问。

"不!我们怕青稞!青稞打在我们头上,就像雷击一样,痛得要命。"鬼跟塔青混熟了,什么都讲。

"唉!我们人也一样,最怕金子和银子。如果有人用山羊头大的金子和绵羊头大的银子砸过来,我非完蛋不可。"塔青一边走,一边说。鬼把这些暗暗记在心里。

他们进了快死的老头的院子,鬼叫塔青躲在楼梯底下,自己上楼去了。不一会儿,楼上传来女人的哭声,鬼洋洋得意地下来了,背了一皮口袋气,口袋太沉,鬼叫塔青背着。两个走着走着,路过一大片青稞地,青稞金晃晃的,马上就要开镰了。

塔青扛着气口袋,一下钻进了青稞地里。鬼回头一看,不见塔青,便绕着庄稼找。塔青抌起一把把青稞粒,向鬼打去。鬼痛得不行,拿出山羊头大的金子和绵羊头大的银子砸过来。两个在青稞地里打了一阵,村子里传来公鸡啼晓的叫声,鬼被青稞粒打断了几根骨头,收气袋也没有拿到手,便一溜烟逃回桑耶寺鬼洞里去了。

太阳升上雪山的时候,塔青搞了许多金银,背着气口袋从青稞地里出来,正遇上一老一小两个女子在路边啼哭。塔青问:"什么事情,你们这么伤心啊!"年轻姑娘抽噎地说:"我的阿爸昨天夜里死了,丢下阿妈和我,日子怎么过呀?"

塔青说:"如果是这样,说不定我还有点办法。"他把金银拿出来,让母女俩背上,自己扛着气口袋,一直来到老头的家。他按照那个鬼教的办法,果然使老头儿复活过来。全家的高兴劲儿,就不用提了。老阿妈再三地说:"小伙子,如果你不嫌弃的话,就留在我家当女婿吧!"

从此,塔青留在老头家里,过着美满幸福的生活。那个鬼呢,因为丢了气口袋,再也没有办法出来害人了。

不同的性格，不同的命运

赏析／梁晓贞

有位大哲学家说过，"你的性格决定你的命运"。《两邻居遇鬼的故事》很好地诠释了这句话。

罗布钱多力气大，却胆小如鼠。鬼轻易就打伤了他，抢走了他的钱。他只会忍气吞声自认倒霉。塔青的性格恰恰与他相反，所以塔青后来的命运自然也与他相反。塔青钱少身体弱，胆子却大得吓人。他见到鬼时如见到朋友一样镇定，还聪明地哄鬼说出了收气、还魂的方法，知道了鬼的弱点。他勇敢机智地用青稞打跑了鬼，得到了很多金银。善良的他还用鬼的收气袋救活了被鬼害死的老头儿。最后还娶了老头的女儿，过上了美满幸福的生活。

罗布与塔青是邻居，却因不同的性格，拥有了各自不同的命运。

做人应靠自己的劳动踏实过日子，想靠不正当
手段不劳而获只会吃大亏。

一块钱的古董

● 文/宗 伦

卡尔前不久失业了，至今还没有一家公司答应聘用他。眼看这日
子就没法过下去了，他做梦都在想着怎么使自己富起来。

这天，他实在无聊，便站在窗台前向外眺望。他东张西望，目光不
由得落在了隔壁老教授家。老教授平时连窗帘也不拉，满屋子的古代
家具、古瓷器都清清楚楚地陈列在他眼前。看着看着，他忽然灵机一
动：干吗不弄个古董来，听说这东西能卖很多钱哩。

打定主意后，卡尔便动手做准备了。经过一段时间的观察，卡尔
发现这个老教授出门一把锁，进门一盏灯，而且早上九点外出，晚上
五点回家，作息时间分秒不差，到他家偷东西，从时间上讲，绰绰有
余。他还知道，老教授养着一条狼狗，不过这没关系，那狗是他的老朋
友了，他常在篱笆外逗它，还喂过它骨头呢。

为防万一，卡尔特意到地下室取来一杆老枪。这杆老枪，是他曾
祖父留下来的。他想把枪藏在大衣下面，可这枪实在太长了。横放，太
宽；竖放，太长；斜放，更加不伦不类。想来想去，他最后抚摸着老枪，
自言自语道："老伙计，委屈你啦。"说着，拿来锯子将枪托锯掉了半
截。站到镜子前，在整齐的外表的掩盖下，简直看不出任何破绽。这真
是个绝妙之举！想到这里，卡尔得意极了。

这一天，和预料的一样，老教授果然准时离家而去。人一走，卡尔
立即翻过篱笆，轻轻跳进老教授的院子里。狼狗听到动静，狂叫着扑

过来,卡尔忙扔过去一根大骨头,那狗果然乖巧了,看来真是天遂人愿啊!卡尔立即抢起老枪用力砸碎窗玻璃,然后敏捷地爬进屋里。

哇!卡尔环顾四周,只见地上琳琅满目地堆了许多瓷器、古家具,墙上还挂满了字画,看得他眼花缭乱。想到这些将成为他的囊中之物,卡尔兴奋极了。到底哪样东西最值钱呢?卡尔翻到一个瓷器,古色古香的,看来一定值不少钱。手还没有摸热,他一抬头,又发现墙上有一幅看起来很陈旧的字画。不是说古董越古越好吗?这幅字画一定更加值钱。就这样,卡尔看看这个,摸摸那个,折腾了好一阵,竟不知该拿哪样才好。

就在这时,前门忽然打开了,卡尔抬眼一看,不禁愣住了,老教授回来了!原来他在路上发现一份很重要的文件忘记带了,所以就赶回来取。

教授一进屋就看到了卡尔,惊问道:"你来这里干什么?"

眼看这次行动就要成功了,没想到教授这时候回来,卡尔一点儿准备也没有,好半天才反应过来,胆战心惊地拔出老枪对准教授,颤抖着声音叫道:"告诉我,这里的古董哪样最值钱?否则我就开枪啦!"

一见这架势,教授全明白了。沉默了片刻,教授微微一笑:"小伙子,你是想要古董啊。你知道吗,它们的价值是不能用金钱来衡量的。真正的古董我怎么会放在家里呢?告诉你,你看到的所有东西都是赝品。"卡尔睁大了眼睛,惊愕地说:"我不相信。你必须告诉我最值钱的古董是哪一个,否则我真的开枪了!"说着,卡尔下意识地把枪又举高了一点儿。教授突然眼睛一亮,没有搭腔,反而走近卡尔,眼球在他的枪上定格了。"你的枪托怎么少了一截?"教授问。卡尔疑惑不解地说:"少啰嗦,我自己截掉的,怎么样?再过来我马上打死你。""打死我?"教授忍不住大笑起来,"小伙子,这支枪是打不死人的。不过,它是一件真正的古董,应该收进博物馆才对。"

"你说这枪是古董?""是的,信不信由你。我研究古董已有几十年了,是不是古董我一眼就能看出来。"

"那它值多少钱?""至少十万美元。它才是这房子里最值钱的东西。"

"啊,上帝保佑,我终于有钱了!"卡尔忘乎所以地欢呼着。

"可是年轻人,你高兴得太早了。这把枪现在最多只值一美元。"

"为什么?"

"因为枪托已经被你锯掉一截了。"教授平静地说。

想偷鸡,可能会蚀把米

赏析/梁晓贞

"偷鸡不成反蚀一把米"这句俗话是人们用来取笑那些想占别人便宜结果自己吃了大亏的人。《一块钱的古董》讲的正是这样一个故事,不同的只是主人公卡尔是偷古董不成反蚀十万美元!

故事戏剧性的结局让人始料不及:老教授发现卡尔的老枪是价值至少十万美元的古董!万分遗憾的是,因枪托被锯了一截,老枪的价值一落千丈,最多只值一美元了。故事没有写出卡尔知道结果后的反应,但小朋友可以很容易想像得到卡尔会是如何的痛心与悔恨……

卡尔的故事告诉我们:想偷鸡,可能会蚀把米啊!做人应靠自己的劳动踏实过日子,想靠不正当手段不劳而获只会吃大亏。

我们在学习科学文化知识的时候，千万不要忘记了把它运用到对人类发展有益的地方去。

门外有敲门声

● 文/杨树森

"嘣嘣嘣……"有敲门声。格林太太打开门，门外站着格林先生。

"噢，先生您找谁？"

"我……我找格林太太。"格林先生回答。

"您对她了解吗？"

"噢！当然。我和她都出生在佐治亚州，我们在二十岁那年一见钟情，三年后我们便手挽手走进了教堂——那天她穿着白色的婚纱，在众人中像天使一样，漂亮极了！"格林先生甜蜜地回忆着。

格林太太笑着问："你们结婚后，生活怎么样呢？"

"噢，我们非常恩爱，非常幸福！"

"不，"格林太太反驳道，"你们也时常吵架，上次还差点离了婚。"

"噢！不不，那次是误会。她把钱弄丢了，以为是我拿了，可最后还是找到了，也就不了了之了。"

"噢，不不，那次是误会。她把钱弄丢了，以为是我的丈夫！"格林太太说着便拉着格林先生进屋。

"慢着，"格林先生疑惑地看着格林太太，"夫人，你认识格林太太吗？"

"噢！当然了。"

"那么，您知道她最喜欢什么吗？"

格林太太不假思索地说："当然是珠宝了，另外，还有首饰、衣服、香水等。还有吗？"

"嗯……她有孩子吗？"

"噢！当然。她的孩子叫吉姆，是个活泼可爱的孩子，他十岁了，我很爱他……"

"行了，"格林先生不耐烦地说，"你是我太太。我累了，这一身人造皮膜真不舒服。"

格林太太也无可奈何地说："为了防止细胞被盗，只有如此了。如果被人偷去克隆就麻烦了。"

"那你和孩子总认得出我嘛，可以为我证实呀。"

"还是小心为好，"格林太太小心地说，"报纸上说日本首相又被人克隆了，现在正由专家确认呢。科技越先进越让人担心，我看还是别发展什么科技了！"

"不发展科技？人类怎么发展？难道就滞留在这里不动？那不用多久，人就会灭亡了！亲爱的，虽然科技发展有一些负面效益，但贡献却是巨大的。我不懂什么大道理，我只知道要好好生活。"

格林太太默然了。

"梆梆梆……"随着敲门声，是一声清脆的欢叫：

"妈妈，爸爸，我回来了！"

格林太太一听欢喜地说："是吉姆！"说着便跑着去开门。格林先生连忙把她挡在门外，就问道：

"你是吉姆吗？"

"是。"

"我……十岁了。"

"嗯！……早上走之前，我对你说什么了？"

"早上？呃……'路上走好'？"

"不对！"格林先生失声喊道，马上想关门。

"不不，是'科技真好'！"孩子连忙说。

"啊……对！乖孩子，进来吧！"暗号对上了，格林先生嘘了一口气。

吉姆终于近来了。格林太太抱住委屈的儿子说："好吉姆,我的乖孩子! 我们吃饭吧。"

机器人端上饭食,格林一家拿起了刀叉。这时,"咔嚓——哗——"老天! 有人用钥匙开门!

"啊!"格林一家愣了。

门开了,门外站着同样惊讶的格林一家。

我 是 谁?

赏析／周子志

《门外有敲门声》这篇科幻故事,通过格林一家的遭遇反映出了科学技术的发展,特别是克隆技术的应用所带来的负面效应,实在令人深思。

为了避免被别人克隆,为了防止细胞被盗,人们外出必须穿上一身人造膜,这给人们的行动带来了极大的不便。如果真如故事中所述:"报纸上说日本首相又被人克隆了,现在正由专家确认呢。"这样真的会搞得人心惶惶,担心着某一天自己被别人克隆了。这是一般人的担心,如果某一天有人克隆了一个希特勒,那么世界岂不是又要大乱? 后果不堪设想……

但事物都是有两面性的,太阳尚且有黑子,月亮也有阴晴圆缺,所以我们一定要正确对待科学技术发展所带来的负面效应,使它朝着对人类有益的方向发展。因此,我们在学习科学文化知识的时候,千万不要忘记了把它运用于对人类发展有益的地方去,否则,滥用科技就有可能出现故事中所述的格林一家的尴尬场面,就会迷失自我,甚至成为历史的罪人。

门外有敲门声
奇怪纸牌

一张古老的照片，里面躺着一个可爱的SD娃娃……

她睁着大大的眼睛，美丽无双的卷发纠缠着一只颜色奇怪的鸟……

水色深浅不一的池塘，漂浮着一个高贵的芭比娃娃。

她额头上的珠宝是红色的，像一颗草莓，谁也吃不到……

芭比娃娃的男朋友保罗就站在水边，他的衣服是全身黑的西装，他好像再也不喜欢穿牛仔裤了。

他的眼睛是红的，没有液体，原来这个池塘不是他的眼泪。

好奇怪，好奇怪！

会说话的鱼

●文/戴玉祥

他们正往回走的时候，碰到那一帮人。

那一帮人像从一个十分美好的景点刚出来，一饱眼福的喜庆劲儿还漾在脸上。尼子摊开导游图，他们在导游图上好一会儿找，可就是没有发现还有什么要去的地方。他们冲那帮人笑笑，尼子还冲其中的一对夫妇模样的年轻人问话。那对年轻人指了指不远处的一个山洞。他们冲那对年轻人道声谢，就径直往那山洞走去了。山洞口排着很长的队，他们狐疑，尤其是田进，她是旅游专业的学生，还来这儿实习过,怎么一点儿也不知道这儿的山里还有会说话的鱼。他们不放心地冲那些从山洞里走出来的人询问,询问的结果千篇一律,都说那洞里有一条会说话的鱼,挺有意思的,说着那些人就捧腹笑着离开了。他们终于下定决心花掉仅有的八十元钱买两张票进洞里去看那条会说话的鱼。会说话的鱼?他们在排队时还觉得无奇不有。

后来他们就走进洞里,进去时他们都傻眼了,他们没有看到会说话的鱼,而所谓的会说话的鱼只是一条死鱼放在一块石板上而已。很多人在骂娘骂骗子,有人还捡起石块往那条死鱼身上砸。他们没有跟着起哄。他们想这条鱼也许是说话说累了,或者是给什么人砸死了。他们拨开人群挤到那条鱼前,他们用手触摸那条鱼,地地道道的一条鱼没错,他们试着用语言去跟它讲话,他们的举止遭来大声的讥笑,他们知道被骗了。他们的血一下子涌上脖颈,他们憎恨可恶的骗子让他们花掉了仅有的路费,他们耳语一阵后,田进躬身要拎走那条鱼去景点办公室,可被拥上来的人围住了,人人都疯了似的喊,那是一条会说话的鱼,不准拎走。日进无助的目光投向尼子,尼子也没辙,田进只好将那条鱼放回原处。

洞里的人越拥越多,往外出的人也多起来。他们站在那儿想不通,田进后来还浑身痉挛地问,尼子,我们怕不是进了魔洞吧?你看出去那么多人,怎么拥进来的人会越来越多?尼子听后也浑身痉挛。尼子说,走吧,出去我们把真相告诉人们。田进重重地点点头。

他们从洞里出来时,看到洞口前排着的队伍延伸很长,见他们出来,有好多人投过来艳羡的目光:

"是一条会说话的鱼吗?"

起初他们只是冲那些人傻笑,不回答他们。他们的深沉倒吸引过来更多的目光,有几个人干脆离开队伍横到他们面前。看着那些充满希冀的脸蛋儿,他们没有勇气说出真相了,他们说:

"是一条会说话的鱼。"

说真话的勇气

赏析／潘向前　欧积德

　　读这篇小说，我想起了《皇帝的新装》中那个说真话的小朋友，他可真有勇气，敢说出皇帝没有穿衣服的事实。然而读完《会说话的鱼》，我却找不到有勇气说真话的人，难道我们这个社会已经不需要敢于说真话的人了吗？这是小说留给我们的疑问。

　　人都有好奇心，那些想赚钱的人就利用这点，他们大造声势，就像皇帝的权力一样吓人，使很多人不敢说出真相。而尼子和田进本来想说出真相的，却由于不想让怀有好奇心的人们失望，最后还是没有说出。难道真的应该是这样的吗？不是的，明明知道是不对的，就要说出来，说真话的勇气是我们永远都不能够失去的，这是故事从反面告诉我们的。

即使失败了，那也没关系，因为你可以很自豪地说：我尽力了！

老鼠和钟

●文/陈伯吹

滴答！滴答！滴答！……一间黑黑的屋子里，什么声音都听不到，只有钟摆在响。

小老鼠虽小，耳朵却特别灵。这是什么声音？它缩在洞里，不敢伸出头来。

肚子饿极了，真难受啊！一定要出去找点东西吃——怕什么！就是碰上那可恶的猫，给它咬死，总比饿死在洞里要好些。它想到这里，鼓起勇气准备出洞。

忽然，它又想：不！要是出去真的被它咬死，那太不值得了，再忍一会儿，等那声音不响了再出去！

过了一会儿，它饿得受不了了。"真不讲理！你们吃东西是应该的。我吃就不对吗？"它气得全身发抖，决心出洞去。

它真的出洞了，非常小心地向四周看个仔细，然后轻轻地一步一步跨出去。

滴答！滴答！滴答！声音还在响，它越走越害怕，越走越胆小，一下子转回来，钻进洞里去了。

"我太不中用了！我这个胆小鬼，只配挨打挨饿。唉，唉！"

饥饿使它第二次走出洞。这一次，它走得远了一点，忽然"当！当！当！当！……"钟连响了十二下，吓得它连滚带爬地逃回洞里："好险呵，差点把我吓死——"

这一天夜里，它几次出洞，又几次逃回来，到底没有吃到一点儿东西，整整饿了一夜。

钟声还在滴答、滴答地响，饿了一夜的小老鼠该怎么办呢？

跨越自己

赏析／邱红伟

一直"滴答、滴答"响的钟声把老鼠吓得半死，一整夜缩在洞里，不敢出来寻找食物。但这又能怨谁呢？如果这只老鼠肯拿出那么一点儿勇气，走出洞外探个究竟，也不至于白白熬一夜的饥饿之苦吧！

这虽是一则很普通的故事，但是却蕴涵了一个很深的寓意。我想，困难并不可怕，可怕的是在未被困难击倒时，自己就打败了自己。只要我们跨出了第一步，只要我们坚信我们一定能成功，还有什么理由可以让自己退缩呢？无论做什么事情，信心和勇气都是打开成功之门的敲砖石。人生难得几回搏！

如果畏首畏尾，不敢尝试，不敢迈出第一步的话，那么你只能永远原地踏步，终将一事无成。即使失败了，那也没关系，因为你可以很自豪地说：我尽力了！

成功只与你一步之差而已，何不奋起直追，跨越自己心里的那道防线，向终点线冲刺呢？

拥有空虚的骄傲不是真正的快乐，因为他没有享受到自己创造价值的乐趣。

古代英雄的石像

● 文/ 叶圣陶

为了纪念一位古代的英雄，大家请雕刻家给这位英雄雕一个石像。

雕刻家答应下来，先去翻看有关这位英雄的历史，想像他的容貌，想像他的性情和气概。雕刻家的意思，随随便便雕一个石像不如不雕，要雕就得把这位英雄活活地雕出来，让看见石像的人认识这位英雄，明白这位英雄，因而崇拜这位英雄。

功到自然成。雕刻家一边研究，一边想像，石像的模型在他心里渐渐完成了。石像的整个姿态应该怎样，面目应该怎样，小到一个手指头应该怎样，细到一根头发应该怎样，他都想好了。他的意思，只有依照他想好的样子雕出来，才是这位英雄的活生生的本身，不是死的石像。

雕刻家到山里采了一块大石，就动手工作。他心里有现成的模型，雕起来就有数，看看那块大石，什么地方应该留，什么地方应该去，都清楚明白。钢凿一下一下地凿，刀子一下一下地刻，大小石块随着纷纷往地上掉。像黄昏时星星的显现一样，起初模糊，后来明晰，这位英雄的像终于站在雕刻家面前了。真是一丝也不多，一毫也不少，正同雕刻家心里想的一模一样。

这石像抬着头，眼睛直盯着远方，表示他的志向远大无边。嘴张着，好像在那里喊"啊！"左胳膊圈向里，坚强有力，仿佛拢着他下面的千百万群众。右手握着拳，向前方伸着，筋骨突出像老树干，意思是谁敢侵犯他一丝一毫，他就不客气给他一下子。

市中心有一片广场，大家就把这新雕成的石像立在广场的中心。立石像的台子是用石块砌成的，这些石块就是雕刻家雕像的时候凿下来的。这是一种新的美术建筑法，雕刻家说比用整块的方石垫在底下好得多。台子非常高，人到市里来，第一眼望见的就是这石像，就像到巴黎去第一眼望见的是那铁塔一样。

雕刻家从此成了名，因为他能够给古代英雄雕一个石像，使大家都满意。

为了石像成功曾经开一个盛大的纪念会。市民都聚集到市中心的广场，在石像下行礼，欢呼，唱歌，跳舞；还喝干了几千坛酒，挤破了几百身衣裳，摔伤了很多人的膝盖。从这一天起，大家心里有这位英雄，眼里有这位英雄，做什么事情都像比以前特别有力气，特别有意思。无论谁从石像下经过，都要站住，恭恭敬敬地鞠个躬，然后再走过去。

骄傲的毛病谁都容易犯，除非圣人或傻子。那块被雕成英雄像的石头既不是圣人，又不是傻子，只是一块石头，看见人们这样尊敬他，当然就禁不住要骄傲了。

"看我多荣耀！我有特殊的地位，站得比一切都高。所有的市民都在下面给我鞠躬行礼。我知道他们都是诚心诚意的。这种荣耀最难得，没有一个神圣仙佛能够比得上！"

他这话不是向浮游的白云说，白云无精打采的，没有心思听他的话；也不是向摇摆的树林说，树林忙忙碌碌的，没有工夫听他的话。他这话是向垫在他下面的伙伴大大小小的石块说的。骄傲的架子要在伙伴面前摆，也是世间的老规矩。但是他仍然抬着头，眼睛直盯着远方，对自己的伙伴连一眼也不瞭，这就见得他的骄傲是太过了分。他看不起自己的伙伴，不屑于靠近他们，甚至还有溜到嘴边又咽回去的一句话："你们，垫在我下面的，算得了什么呢！"

"喂，在上面的朋友，你让什么东西给迷住心了？你忘了从前！"台子角上的一块小石头慢吞吞地说，像是想叫醒喝醉的人，个个字都说得清楚，着实。

"从前怎么样？"上面那石头觉得出乎意料，但是不肯放弃傲慢的气派。

"从前你不是跟我们混在一起吗？也没有你，也没有我们，咱们是一整块。"

"不错，从前咱们是一整块。但是，经过雕刻家的手，咱们分开了。钢凿一下一下地凿，刀子一下一下地刻，你们都掉下去了。独有我，成了光荣尊贵的、受全体市民崇拜的雕像。我高高在上是应当的。难道你们想跟我平等吗？如果你们想跟我平等，就先得叫地跟天平等！"

"嘻！"另一块小石头忍不住，出声笑了。

"笑什么！没有礼貌的东西！"

"你不但忘了从前，也忘了现在！"

"现在又怎么样？"

"现在你其实也并没跟我们分开。咱们还是一整块，不过改了个样式。你看，从你的头顶到我们最下层，不是粘在一起吗？并且，正因为改成现在的样式，你的地位倒不安稳了。你在我们身上站着，只要我们一摇动，你就不能高高地……"

"除了你们，世间就没有石块了吗？"

"用不着费心再找别的石块了！那时候就没有你了，一跤摔下去，碎成千块万块，跟我们毫无分别。"

"没有礼貌的东西！胡说！敢吓唬我？"上面那石头生气了，又怕失了自己的尊严，所以大声吆喝，像对囚犯或奴隶一样。

"他不信，"砌成台子的全体石块一齐说，"马上给他看看，把他扔下去！"

上面那石头吓了一跳，顾不得生气了，也暂时忘了自己的尊严，就用哀求的口气说："别这样！彼此是朋友，连在一起粘在一起的朋友，何必故意为难呢！你们说的一点儿也不错，我相信，千万不要把我扔下去！"

"哈！哈！你相信了？"

"相信了，完全相信。"

危险算是过去了。骄傲像隔年的草根，冬天刚过去，就钻出一丝丝的嫩芽。上面那石头故意让语声柔和一些，用商量的口气说："我想，我总比你们高贵一些吧，因为我代表一位英雄，这位英雄在历史上是很有名的。"

一块小石头带着讥笑的口气说："历史全靠得住吗？几千年前的人自个儿想的事情，写历史的人都会知道，都会写下来，你说历史能不能全信？"

另一块石头接着说："尤其是英雄，也许是个很平常的人，甚至是个坏蛋，让写历史的人那么一吹嘘，就变成英雄了；反正谁也不能倒过年代来对证。还有更荒唐的，本来没有这个人，明明是空的，经人一写，也就成了英雄了。哪吒，孙行者，不都是英雄吗？这些虽说是小说里的人物，可是也在人的心里扎了根，这小说跟历史也差不了多少。"

"我代表的那位英雄总不会是空虚的，"上面那石头有点儿不高兴，竭力想说服底下的那些石头，"看市民这样纪念他，崇拜他，一定是历史上的实实在在的英雄。"

"也未必！"六七块石头同时接着说。

一块伶俐的小石头又加上一句："市民最大的本领就是纪念空虚，崇拜空虚。"

上面那石头更加不高兴了，自言自语地说："空虚？我以为受人崇拜总是光荣的，难道我上了当……"

一块小石头也自言自语地说："我们岂但上了当，简直受了罪———一辈子垫在空虚的底下……"

大家不再说话了，像是都在想事情。

半夜里，石像忽然倒下来，像游泳的人由高处跳到水里。离地高，摔得重，碎成千块万块。石像，连下面的台子，一点儿原来的样子也没有了，变成大大小小的石块，堆在地上。

第二天早晨,市民从石像前边过,预备恭恭敬敬地鞠躬,可是广场中心只有乱石块,石像不知哪里去了。大家你看看我,我看看你,说不出一句话,无精打采地走散了。

雕刻家在乱石块旁边大哭了一场,哀悼他生平最伟大的杰作。他宣告说,他从此不会再雕刻了。果然,以后他连一件小东西也没雕过。

乱石块堆在广场的中心很讨厌,有人提议用它筑市外往北去的马路,大家都赞成。新路筑成以后,市民从那里走,都觉得很方便,又开了一个庆祝的盛会。

晴和的阳光照在新路上,块块石头都露出笑脸。他们都赞美自己说:

"咱们真平等!"

"咱们一点儿也不空虚!"

"咱们集合在一块儿,铺成真实的路,让人们在上面高高兴兴地走!"

空虚的骄傲

赏析／庞丽丽

石像是人们为了纪念一位古代英雄而雕刻出来的。它不过是一个"英雄"的符号,一位不知道是否真正存在过的英雄。石像却感到无上的光荣,鄙视起自己的同伴,骄傲起来。这种空虚的骄傲是脆弱的,只能带来短暂的欢愉。

一个不属于自己努力开拓,建立在别人功绩之上的骄傲是空虚的。拥有空虚的骄傲不是真正的快乐,因为他没有享受到自己创造价值的乐趣。

石像摔碎后的乱石最终被用来筑马路。石头们终于体会到了真实的自豪。做着平凡的铺路石,贡献着自己的力量,尽管没有轰轰烈烈的壮举,却是实实在在的功劳。这,才是有价值的真实的骄傲!

我们不需要空虚的骄傲!

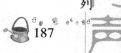

我们要在珍惜粮食中,懂得尊重别人的劳动成果,也就是学会尊重别人。

九马画山

● 文/佚 名

有一年,漓江两岸庄稼长得绿油油的,据当地民间传说,自盘古开天辟地以来,还没见过这么好的禾苗。人们怀着喜悦的心情,等待着秋季大丰收。可是,就在稻谷抽穗的紧要关头,突然来了一群食草兽,不用一夜功夫就把庄稼吃了一大半。没吃掉的,也都被糟蹋得乱七八糟。当地人民看着这种情形,心里像扎针似的,愁得没法。这时有个胆大的小伙子,偷偷在夜间窥看这些兽从哪里来,发现它们是来自天上的一群神马。它们趁着马倌睡觉的机会,偷偷溜下了凡间。据说这些马在天上只能吃点云露,没有什么滋味,如今吃了地上青草,越来越觉得鲜美可口。从此他们就天天夜里下来,快到黎明时又回到天上。这一下,老百姓可遭殃了,种什么,留不下什么;种多少,被吃掉多少。人们想方设法,要把这群天马治住。有一夜,他们采用赶山围猎的法子,个个带上鞭炮、锣鼓,偷偷埋伏在野地。天黑后,天马下来了。正当它们张开大口贪吃时,只听哨子一吹,鞭炮齐鸣,锣鼓喧天,人们拼命一块呐喊捉马。它们在慌乱中,迷失了上天的道路,只好沿着漓江拼命奔跑。跑呀,跑呀,前面突然出现一座大山挡住去路。神马无奈,只得挤成一团,准备翻山而过。这时,忽听雄鸡"喔喔"叫了一声,天将黎明。霎时,太阳从东方冉冉升起,这群天马只能停在山壁上,再也无法回到天上去了。等到围猎的老百姓赶来时,这些色彩斑斓的高头大马,一匹匹都被镶嵌在峭壁上,就像画家用彩笔画上去似的。人们数了一下,一共有九匹,所以后来就把这座山称为"九马画山"。

珍 惜 粮 食

赏析／庞丽丽

在山水甲天下的桂林漓江边,有一个著名的景点叫"九马画山"。传说中,九匹天马在人间偷吃了老百姓辛辛苦苦种下的庄稼,受到了百姓的惩罚,被镶嵌在峭壁上,永远回不到天上了。

"谁知盘中餐,粒粒皆辛苦。"《锄禾》这首诗,我们在很小的时候就能背诵了。虽然一粒粮食很不起眼,但是它也是来之不易的。从绿油油的禾苗长成沉甸甸的谷穗,稻谷的成长包含了农民伯伯多少汗水,多少心血啊!也许,我们在不经意间浪费了很多粮食。如果今天你浪费一粒粮食,明天他又浪费一粒,日久天长,这该是一个多大的数目啊!

没有人愿意看到自己的劳动成果被白白糟蹋的。我们要在珍惜粮食中,懂得尊重别人的劳动成果,也就是学会尊重别人。

这则科幻故事是通过描述科学原理，来暗示自大者自戕的道理的！

庞涓的悲剧

●文/王奎林

户外阳光灿烂，一个身材健美的年轻人正从紫藤架下走向草坪，他动作协调，神态优雅，彬彬有礼。这就是冯右仁教授用七个月时间制造出来的机器人庞涓。庞涓目中无人，他狂妄地对冯教授说："我在各方面都远远胜过你，无论体力还是智力，我都举世无双，根据逻辑推理，我必将囊括各项诺贝尔奖，那举世瞩目令你目眩神迷的荣誉，非我莫属。"

冯教授到云南长湖修养去了，那一泓明净迷人的春水还没洗却他的疲劳，他的助手——刘助理研究员便通过微型通信机，向他汇报机器人庞涓遭到不幸的事。冯教授火急火燎地赶回研究所。原来庞涓为《史记》中楚霸王项羽的形象所倾倒。他高唱"力拔山兮气盖世"，把庭院里一块几百斤重的太湖石举了起来。刘助理研究员要他小心被砸扁，他却把那石块向刘助理研究员砸来。幸好助理研究员来了一个急闪身……可是庞涓用力过猛，反作用力使他摔倒了，脑袋磕在地上，震断了某条线路。刘助理研究员帮他翻了一个身后，他突然变得傻头傻脑的。经精神病专家诊断，他得的是综合妄想症。

经过一番检查，冯教授总算找到了病因：由于高压打火，一根导线被烧断了，而另一处出现了错误的搭线，这很可能是一摔加上一翻造成的。修理后的机器人庞涓差不多成了一个白痴，可是不久他那狂妄自大的旧病又复发了。

冯教授和他的同事们花了几天时间对庞涓进行全面检查，终于发现毛病出在自我控制系统上：一处该用负反馈原理进行调节和控制的地方变成了正反馈，于是庞涓把别人对他的喜爱、鼓励和赞扬，一概都以几何级数的形式不断放大，放大到吓人的地步，结果成了个自大的狂人。在物理学上，这是最简单而又最基本的原理：正反馈在被用来放大信号时，如不严密而准确地加以控制，则会导致恶性循环；发展到了极端，系统的状态大大超过了稳定的平稳状态，就会导致系统本身的崩溃。

不久，庞涓被送进了博物馆。由于没接通电源，他便静静地和埃及木乃伊、新疆古尸放在一起。

自大者自戒

赏析／柯亚太

历史上的庞涓，是魏国的一位军师。他自视甚高，认为自己军事才能天下第一，同时又气量狭小，对自己的同门师兄孙膑的才能十分妒忌，屡次设计陷害他，想置孙膑于死地。孙膑是天下难得的军事奇才，他凭着自己杰出的军事才能，多次打败了庞涓。庞涓也因自己的自大性格，最终落得个死于乱箭之中的可悲下场。

上面的这则科幻故事，就是借庞涓这个历史人物形象而加以创新编造的，然而人物自高自大的性格却没有改变，其悲剧的结局也没有改变。

最有意思的是故事中的这句话："在物理学上，这是最简单然而又最基本的原理：正反馈在被用来放大信号时，如不严密而准确地加以控制，则会导致恶性循环；发展到了极端，系统的状态大大超过了稳定的平衡状态，就会导致系统本身的崩溃。"

作者就是借描述科学原理的语句，来暗示自大者自戒的道理啊！

做人不要贪得无厌，太贪可能会导致一无所有！

价值连城的案板

● 文/安广禄

　　清朝时,广州城最繁华的大街上有一家开了十多年的肉铺,老板姓丁。这天早上,太阳一竿子高的时候,一位高个子男人朝丁老板的肉铺走了过来,丁老板连忙热情地招呼道:"客官,新鲜的猪肉,想要几斤?"高个子男人看了看案板上的肉,又左右上下仔细地把案板看了一遍说:"肉是不错,挺新鲜的,不过,我不买肉,想买你这块案板。"

　　"买案板?"丁老板觉得奇怪,他抬头看了那男人一眼,说:"你有没有搞错?你要这么个脏兮兮的案板有什么用?"男人说:"这个你不用管了。"丁老板还是不相信:"你莫不是在开玩笑吧?"男人一本正经地说:"多少银子,你开个价吧?"

　　丁老板觉得好笑,真是林子大了什么鸟都有,一块破案板竟然也有人想买?好吧,既然你存心想要,可别说我心狠手辣,于是他就伸出了五根手指头,说:"你给这个数吧。"他正想说五两银子,话没出口,就听那男人说:"五十两,行呀!"说罢,他就往身上掏银子。丁老板一听吓得差点儿没叫出声来,有人肯花五十两买一块旧案板?今儿个这是怎么了,莫非我这是在做梦?丁老板正在发呆,那男人已经取出五十两银子塞到了他的手里……

　　丁老板这才清醒过来,他想,眼前这个男人肯定是家里银子多得放不下了,专门出来寻开心的,既然如此,我何不趁机再宰他一下?于是他摇了摇手,对那男人说:"客官,你弄错了,我说的是五百两,不是五十两。"

"是吗?"那男人感到有点儿意外,说,"一块旧案板你竟然要这么多银子?"

丁老板一听,心里有了底儿,显得不慌不忙的,说:"话可不能这样说,做买卖向来都是两厢情愿的,你觉得价钱合适就买,不合适就走人,咱们谁也不欠谁的。""你……你……"一句话噎得那男人半天说不上话来,他想了想,说,"好,算你狠,五百两就五百两,不过今天我身上没有这么多银子,明天还是这个时候,咱们一手交银子,一手交案板。"丁老板说:"好,一言为定!"

那男人走后,丁老板乐得一步三摆腰,回到家里,将这个天大的喜讯告诉了老婆。老婆一听,也呆住了,她无论如何想不出这男人为什么要花五百两白花花的银子来买一块旧案板。这年头要说值钱的东西那就要数古董了,可这块案板绝对不可能是古董:当年丁老板准备开肉铺时没有案板,恰好院子里那棵长了十几年的老梨树死了,人都说"柏木棺材梨树案",丁老板便请木匠用那棵老梨树做了这副案板。可不是古董又会是什么呢?夫妻俩把案板翻过来倒过去,前后左右、仔仔细细地看了几十遍,还是什么名堂也没有看出来。最后,老婆伸了伸腰板说:"管它有什么名堂,他想买咱就卖给他,不过,既然他一定要买,价钱嘛,我看还得再高一点儿!"

丁老板吃了一惊:"一块旧案板咱们用了十几年,人家花五百两银子来买,你还嫌少?"老婆生气地说:"你卖了十几年的猪肉,难道也变成了猪脑袋?你想,那男人肯出这么高的价,说明这块旧案板肯定是个宝贝,你知道这案板到了他手里能值多少钱?一万两还是十万两银子?所以,这案板得卖五千两!"丁老板还有点儿不愿意,他怕价钱高了人家不要,可他老婆一口咬定要这个数。

第二天早晨,那男人准时来到肉铺,他一听价钱涨到了五千两,很是吃惊,他对丁老板说:"这样吧,这块案板你先给我妥善保管好,不许卖给别人,价钱嘛,我们再商量。最近我有点急事要办,马上就要走,过几天我再来取货。"说罢,他转身离去。

丁老板回到家把今天的事告诉了老婆，两人一商量，觉得那男人肯定会来，最多少卖一点，卖不了五千两，两三千两总能卖。为了妥善保管案板，他们决定先买一块新案板，将这块洗干净后用纸包好，锁在店铺的一个柜子里，只等那男人送钱上门。

一晃十多天过去了，这一天，那男人果然来到丁老板的肉铺前，他一看，发现案板被调换了，马上问道："那块旧案板呢？"丁老板笑眯眯地说："别着急，别着急，稳稳妥妥地给你保管着呢。"

丁老板说着，就打开了柜子，把那块洗得干干净净的旧案板拿了过来，双手端着，递给了那个男人，说："你嫌五千两贵，这样吧，一口价，三千两！"

那男人看了案板一眼，摇了摇头，说："三千两？现在你就是白送给我，我也不要了。"

丁老板听罢，恼羞成怒喝道："不要了？你在耍我？"

那男人说："我没有耍你，实话告诉你，这块旧案板里有个大蜈蚣，因为它常年喝猪血，十多年下来，嘴里就凝结了一颗十分珍稀的宝珠，不过，上次我来看的时候这颗宝珠还没有成熟，还需要再养一段时间才会大功告成，这十天光景是最紧要的时候，这就是我没有急于买下它的原因。可你把它洗干净放着，大蜈蚣没有猪血喝已经死了，宝珠也因此半途而废，实在是可惜呀！"

丁老板哪肯轻易相信他的话，恼怒地说："什么宝珠，你怎么知道这案板里有条大蜈蚣，还不是在骗我！"那男人微微一笑，说："这可是天机不可泄露哦！不过，你要是不相信，可以当众劈开案板看看。"于是，老板拿过一把刀来，用力劈开案板，果然发现里面有条死蜈蚣，蜈蚣的嘴里真的有一个像鱼眼珠一样的圆珠子。那男人指着圆珠子说："别看它现在没有光泽，浑浊，不透明，可一旦成熟便会通体发光，是颗价值连城的宝珠呀，可现在就值不了几两银子了！"

男人的话还没有说完，丁老板就觉得天旋地转，晕倒在地，什么也不知道了……

做人不要贪得无厌

赏析／梁晓贞

《价值连城的案板》讲的是丁老板夫妇因为贪得无厌,错失无价宝珠的故事。

一块用了十几年的脏兮兮的旧案板竟然有人想买,这的确是件奇异的怪事。丁老板却在心中算计想要更多。高个子看出旧案板的珍贵,爽快地出价五十两,吓呆了丁老板。贪婪成性的丁老板在清醒过来后竟然把价格提高到五百两。高个子答应第二天带钱来买。

没想到丁老板的老婆更贪,竟然唆使他狮子大开口要价五千两!致使高个子再次因钱不够只能再约丁老板妥善保管案板,待他办完事后再来买。

故事的高潮发生在十多天后高个子回头买案板时。他没想到:丁老板为了更妥善保管即将可卖几千两的案板,而把它"洗干净后用纸包好"锁在柜子里等高个子来。可怜大蜈蚣被活活饿死,一颗本来价值连城的宝珠半途而废变得只值几两银子了。

丁老板承受不了乐极生悲的打击,晕倒不知人事……

这样可悲可叹的结局揭示了一个很简单却十分重要的道理:做人不要贪得无厌,太贪可能会导致一无所有!

　　人最可贵的品质是能明智地意识到什么事不该相信，什么人值得信任。

宋定伯捉鬼

●文/板　章

　　秋天，郊野的夜色别有一番景象。一轮明月，满天繁星，凉风徐来，草虫低鸣，给人一种如诗如画的意境。

　　宋定伯急匆匆地走在这四面无人的旷野上，此刻，他没有欣赏夜色的兴致，没有诗情，没有画意，只有赶路的匆忙和孤身的寂寞。

　　宋定伯走累了，额上沁出了汗水。他停下来，用手巾擦了擦前额，无意中一回头，发现身后有一个黑影在晃动。

　　"谁？"宋定伯吃了一惊，一身热汗顿时变成了一身冷汗。

　　那黑影说话了："我是鬼。你是谁？"

　　宋定伯听说对方是鬼，心中反而镇定下来，他明白，慌乱只会给自己带来灾难和不幸，只有沉着应付才能摆脱困境。

"我也是鬼。"宋定伯回答,心想,先和他套套近乎再说。

"噢！是同类呀！这么匆匆忙忙的,要往哪里去呀？"鬼问道。

宋定伯说:"我要到宛市去。听说那儿有个大集,我去凑凑热闹。"

宋定伯说要到宛市是为了摆脱那个鬼。因为宛市有个大集,人多热闹,一般的鬼是不喜欢人多的地方的。

"巧了,"那个鬼说,"我也要到宛市去,咱们一起走吧！"

宋定伯一怔,心想,坏了,怎么碰上一个贪人多热闹的鬼?早知道不说上宛市了。看来是甩不掉他了。那就一起走吧,看情况再说。

一人一鬼向前走了几里地,那个鬼走累了,提议说:"这么走,我们两个都累,我们轮流背着赶路吧！"

宋定伯说:"好吧。谁先背谁呢？"

鬼说:"我先背你。"

宋定伯刚爬上鬼的背上,那鬼就说:"你不是鬼吧？鬼是很轻的,你怎么那么重呀？"

宋定伯灵机一动,随口答道:"我是个新死的鬼,凡气没有脱完,所以身子重。"

那鬼听了,果然不疑。

轮到宋定伯背了,他感到那个鬼果然很轻,宋定伯和鬼边走边聊,他问:"我是个新鬼,对咱们鬼的许多事情都不知道,望仁兄以后对我多加指教。"

"那当然,有问题尽管问。"鬼的语气显得十分得意。

宋定伯趁机问道:"不知咱们鬼有什么忌讳没有？"

"当然有,"鬼说,"我们鬼最怕活人往我们身上吐唾沫。"

"为什么？"

"因为他们一朝我们吐唾沫,我们就不能再变化了。你千万记住啊！"

宋定伯心中觉得好笑,暗说,傻鬼！我怎么会记不住呢？你把最致命的弱点都告诉我了,看我到时怎样治你！

不一会儿,他们俩来到一条小河边。那个鬼先趟过去,一点儿水声都听不到。而宋定伯过河时,趟得河水哗哗响。

鬼感到奇怪,问:"我们鬼趟水是没有声音的,怎么你过河水哗哗响?"

宋定伯说:"你忘了我是个新鬼了,新鬼过河和老鬼是不同的。"

不管遇到什么情况,宋定伯都搬出"新鬼"这个说法,把一个个问题都搪塞过去。

说话间就到了宛市。宋定伯一把抓起那个鬼,扛在自己肩上,那鬼大呼小叫,要求下来。

宋定伯理也不理,径直来到集市上。到闹市中心以后,宋定伯把那鬼往下一扔,那鬼变成一只羊,准备逃跑,宋定伯照着那羊就是一口唾沫,那只羊再也变不了其他东西了。

宋定伯把那只羊牵到市上,卖了一千五百钱。

轻信惹的祸

赏析／袁艳红

宋定伯正是抓住了鬼"轻信"这个弱点才制服了它。鬼轻信都落得如此下场,更何况是人呢!

轻信的错误,谁未犯过?只不过是有人因轻信吃了小亏而有人上了大当罢了。一旦你犯了"轻信"这个毛病,你就会懒于开动脑筋,盲目相信别人,创造力老化,没有了自我保护意识,甚至性命不保!记得有位哲人说过:人最可贵的品质是能明智地意识到什么事不该相信,什么人值得信任。凡事多开动脑筋,多打几个问号,那么再高明的陷阱、再可怕的暗箭你也能巧妙地躲避过!

有的人，一生行善积德，就像天使一样到处撒播光明，这样的人会永远受到幸福的眷顾。

三生磨难的刘举人

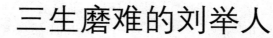

●文/刁晏武

有位刘举人，能记得自己前生的事情。他说，自己第一世为人时，是个作官的缙绅，活着的时候，为非作歹，干了许多坏事。到了六十二岁，他死了。死后来到地狱，拜见冥王。冥王见他缙绅打扮，便对他客气有礼，让他坐下，还叫鬼卒给他上茶。

他偷眼看冥王的杯子里，茶水的颜色清澈澄明；而自己的杯子里，却是浑浊一片，粘粘糊糊地，稠得像胶水一样。

见此情景，他心中暗想：这该不就是让人神志不清的迷魂汤吧？

于是他趁着冥王处理别的事情时，偷偷把杯子里的茶倾倒在了桌脚下，然后假装出自己已经喝下去的样子。

过了一会儿，冥王拿来簿籍，翻看一番，见他生前作恶多端，满纸秽行，顿时大为震怒，喝令众鬼卒将他拖下去，罚他来世变作马。

随即有厉鬼来将他捆绑起来，拉扯着他向前走去。来到一处地方，大门的门槛非常高，他费了半天力气也跨不过去。

正在进退不前时，那厉鬼不耐烦，走了过来，用棍子使劲抽打他，他痛得难以忍受，一时间站脚不住，摔倒在地。等到他再看自己时，身子已经躺倒在了马棚里。

马棚里正一片喧闹，只听有人喊："黑马下出小驹来了，是个公的！"

感动系列

他心里其实很明白，可就是说不出话来。只觉得肚子里饥饿得很，迫不得已，只好偎到母马身下去吃奶。

过了四五年，他已经长得体格伟壮。只是十分害怕鞭子抽打，一看到鞭子响就吓得远远跑走。主人骑乘的时候，必定放置鞍鞯，走路的时候也是松缓缰绳，慢慢前行，所以他还不怎么难受。可要是遇上奴仆或养马人来骑，哪里耐烦去铺放鞍鞯，总是光着背就骑了上去，还用两个脚踝使劲夹击他的肚子，直痛得他五脏都麻木了。

他因此很是愤恨，一气之下，连着三天不吃东西，于是饿死了。

来到冥司地狱，冥王翻查簿册，发现他受罚的期限还没有满，就呵斥责问他为什么逃脱。当下责令鬼卒剥下了他的皮囊，罚他再去做狗。

他听了判罚，心中懊丧，不肯前去。众鬼卒哪里肯依，拥上前来，一阵乱打，直打得他疼痛难忍，抱头鼠窜，一直跑到了荒野上。

他心中思量，如此遭罪，还不如一死了之，倒也干净。于是愤而跳下了绝壁。

这一下摔得他半天爬不起身来，等缓过神来再看时，自己的身子已经伏在了狗洞里，一条母狗正一边用舌头舔舐他，一边喂他吃奶，他才知道自己又投胎到了人世上。

稍稍长大些，看见地上的粪便，也知道那很肮脏污秽，可闻上去却觉得香。但是他立志不去吃。

作了几年狗，时常忧愤不已，想着寻死，可又担心冥王会再次为他逃脱处罚而治罪。主人每天喂他吃东西，养着他，也不肯杀掉。无奈之下，他只得故意去咬主人，直将主人大腿上的肉生生地给撕扯了下来。主人痛得几乎昏倒，狂怒不已，抡起棍子把他一顿臭揍，终于，他被打死了。

来到冥王那里，冥王查问情状，对他的狂暴非常愤怒，命鬼卒抽打了他几百大棍，罚他再去作蛇。

他被囚禁在了一间幽暗的屋子里，里面一片昏黑，看不见天日。他觉得烦闷，便顺着墙壁爬了上去，找了个洞钻了出来。可等到出来看时，发现自己已经蜷伏在了草丛里，身子早变成了蛇。

叹息良久，他发誓这次坚决不再去残害生灵，饿了只去吞食树上掉下的果实。这样过了几年，每每想去自尽，可却始终没有机会，害人而死他又不愿意，思来想去，总是找不出个妥当的死法。

这天，他正躺卧在草丛里胡思乱想，忽然听到一阵辚辚的车声，他心念一动，立刻起身，窜到了路的当中，那车正跑得飞快，眨眼间就从他身上碾了过去，顿时将他的身躯压断为两截。

冥王见他这么快就又回来了，十分惊讶。他匍匐在地下，将自己的这番经历告诉了冥王。冥王见他仍心存善念，又是无罪而死，便原谅了他，并特地判他的处罚期限满，让他重新投胎做人，这便是刘举人。

刘举人一生下来就能开口说话，诗词文章、经史子集，全都过目成诵，出口成章。后来参加科举考试，中了举人。他时常劝人说：乘马的时候，一定要垫厚鞍鞯。用腿夹击马肚子，那是比用鞭子抽打还痛的啊。

天使与恶魔

赏析／袁艳红

刘举人第一世为人时为非作歹，坏事做尽。恶有恶报，被冥王判罚经历三生磨难，第三世行善，终于被赦免，可以重新投胎做人。他曾经是一个恶魔，一个只懂得掠夺的恶魔，当为善的力量逐渐取代恶的时候，光明终究战胜了黑暗。恶魔变成了天使！

有的人，为了自己瞬间的幸福和快乐，出卖自己的良心，当善良之心沉到黑暗深渊时，恶魔就在一边偷笑；有的人，一生行善积德，就像天使一样到处撒播光明，这样的人会永远受到幸福的眷顾。在天使与恶魔之间，你又会选择哪个呢？

尽管村民们自私、功利、轻视穷人，但龙还是帮助他们解除了干旱，这全是因为善良的小麒。

龙来的那一年

● 文/潘人木

那一年一进四月，祥龙村的人就都忙碌了起来。大家这么忙，为的是同一件事——龙来了。

根据祖宗的传说，祥龙村的居民，相信每隔一千年，龙就要在端午节前后出现在祥龙村，也许停留一会儿，也许停留几天，那一年正好是龙出现的一年。

偏偏那年庄稼不好，猪羊闹瘟疫，大家想，只要龙一来，求求他就什么都解决了。每个人都希望龙出现在自己家里，希望跟龙做朋友，私下向龙要求些什么。

可是，龙到底是什么样子呢？他是千变万化的，他这次来，会化成什么样子呢？

有人给龙造了一间横在大树上的房子，又长又弯，因为他见龙灯是这样子的。

有人给龙造了一间细细高高的房子，他想要求龙走后，给他把这个高房子装满谷子。

有一个木匠，在屋子里给龙作了一张睡床，盘转好几层，还有正好可以放尾巴的地方。这张床造了一年零三天。他想要求龙走后，把这张睡床铺满金子。

小麒是个放牛的穷孩子，家里只种了些糯稻，过年过节辗些糯米粉做糕饼来卖。像他们这种人家，根本不指望龙可能出现在自己家里，所以也没给龙准备什么。

盼望着盼望着，推算着推算着，龙来的日子应该就是这三四天的事了。大家伸长脖子望天空，说是龙多半会驾着云飞下来，又瞪大了眼睛望着海，说是龙也许从海浪里冒出来。

说是这么说，看是这么看，私底下却注意家里的梁柱上、水井里，有没有不寻常的东西出现，连上门讨饭的叫花子也被另眼看待，万一他是龙呢。

可是一天，两天，三天，龙一直没来。

龙生病了吗？龙是不会生病的。

龙在路上耽搁住了吗？龙会飞，不会耽搁住的。

祖宗的记载错了吗？那也不可能。

不是这样，不是那样，一定是谁把龙藏在自己家里了。

每个人都用怀疑的眼光看别人，偷偷探听别人家的动静。亲戚朋友都成了敌人，大家的脾气变得很坏，为了一点儿小事，不是你跟我吵，就是我跟他吵。

最平静的是小麒的家，他的爸爸妈妈照常磨糯米粉，卖糯米糕饼。小麒照常天天去放羊，当初就没指望龙来，龙不来，他们也不失望。

到了第四天，小麒让牛在池塘边吃草，自己要玩石头子儿，伸手往口袋里一摸，掏出来的是一条小蛇，一条浑身是泥的小蛇。

"小麒，小麒！"是谁在叫他，声音很细，很亲切。

"我是龙，我来了！"原来是小蛇在说话。

"你就是龙啊？好！欢迎你，小泥龙！"

"我一路飞来，太累了，落地的时候，不小心跌在泥里了！"

"我给你洗洗就好了，你受伤了吗？"

"一点点，带我去你家可以吗？"

"我们家很穷。"

"没关系。"

小麒又把龙放在口袋里，那里虽然黑一点，却又温暖又安全。

回到家，小麒把龙洗干净，又给它裹了伤口，上了药，小麒的爸爸、妈妈给龙找个空篮子，铺些棉絮，龙躺在里面刚刚好，很舒服。

龙在小麒家随便爬来爬去，有时候喷火帮助小麒妈妈蒸糕煮饭，有时候喷水帮助小麒爸爸磨粉，他们一家都把龙当朋友看待，一块儿吃，一块儿喝，根本不把它当成一条龙，向它要求什么。

小麒去放牛，跟同伴说："你们看，我的口袋里有一条龙。"

大家扒着他的口袋一看，全哈哈地笑了起来，"这原来是条不起眼的小蛇。"

"也不要求喷火喷水，只要现出原形我们就相信！"

龙在小麒口袋里，呆着不动。

小麒把小蛇说成了龙，这件事就成为一个笑话传开了。

村里的人愤怒得不得了。大家说："怪不得真龙不来了，把蛇当龙养着，龙还有不生气的？"

"真龙以为我们不尊敬他，到别处去了。"

"白白等了一千年，龙不来，大家挨饿受苦，都是小麒害的。"

"他的爸爸妈妈也不能推卸责任，我们要想法子惩罚惩罚他们！"

"干脆把他们赶出祥龙村去！"

村长召集村民大会，全村的人都成了小麒家的敌人，他们商量好，限小麒一家初十晚上搬走，不搬的话，大家一起来把他们赶走。

小麒一家人听到这个消息，十分发愁，搬到哪里去呢？实在没地方搬哪！搬走怎么生活呢？糯米田、石磨都在这里。

小麒对着龙流眼泪，明天他们就要来了。

龙说："你们不要怕，也不要搬，到时候我来对付他们。"

"我们又没棍子，又没刀，人又少，怎么对付得了？"

"你们只要把糯米粉堆在门口就好了，有多少堆多少。"

小麒一家人就照着龙说的话做了。

到了初十晚上，从村里到小麒家，一路上都是人，有人举着火把，有人拿着扫把，有人拿着鞭子，也有人拿绳子，拿锣鼓，还有人拿纸条，要把小麒家的房子封住。他们浩浩荡荡到了小麒家门口。

小麒和家人带着小蛇静静地站着。

村长一声令下，大家就涌进来了。

这时候，小蛇立刻变成了一条大龙，冲着门口的糯米粉堆，又喷水，又喷火，黏黏的糨糊一般的东西，马上流到各处，越流越多，越流越黏，好像永远也流不完。

村人被黏得翻跟斗，摔跤，互相扯打，互相纠缠，用手里的家伙捆绑同伴，敲打同伴……闹成乱糟糟的一团，每个人都不成人形了。

那年的干旱很快就解除了，人畜也都平安，龙跟小麒说："我惩罚了那些自私的、轻视别人的人；可是我也帮助了他们，因为你，我的好朋友，是他们的一分子，他们的快乐，也就是你的快乐。再见。"

以诚相待

赏析／朱晓铃

　　祥龙村的村民们为迎接龙的到来，都殷勤地忙碌着张罗着，希望龙的留驻能私下里满足他们的一些要求。因为龙的迟迟未现，他们相互猜疑、吵架，这都不是龙所希望看到的。龙最后选择变成小蛇的样子住进了小麒家，并且帮他家人煮饭、磨粉。龙是平等、正义、祥和与力量的象征。它喜欢的是小麒家人的单纯、朴实，即使他们贫穷，但善良的人性才是龙最爱的。它不喜欢功利性的交往，选择小麒家正是因为小麒家人对它别无所求。尽管村民们自私、功利、轻视穷人，但龙还是帮助他们解除了干旱，这全是因为善良的小麒。龙希望好朋友能够快乐，它按照小麒的"为村民们带来快乐"的愿望去做了，小麒的快乐也是龙的快乐。

　　小麒的以诚相待得到了龙的友谊，得到来自龙的帮助，村民们也因此受惠。确切地说是他们所轻视的、贫穷的小麒救助了他们。

外表美如划破夜空的流星，只会留下瞬间的美丽，只有心灵美才能超越时空，经久不衰。

画 皮

● 文/雅 琴

从前，太原有个姓王的书生，人们都叫他王生。

有一天，王生早起外出，遇见一个女子，怀抱着包袱，在路上艰难地走着。王生有点儿可怜那姑娘，他疾走几步赶上了她，走进一看，原来是一个十六七岁的美丽女孩。

王生非常爱慕她，于是问道："姑娘，你的家人呢？他们怎么舍得让你这么早一个人孤零零地在路上走？"

姑娘说："过路人，你又不能解除我的忧愁，何必要问？"

王生说："姑娘，我虽然是一个读书人，但是我也是讲义气的，你有什么忧愁告诉我，如果我能帮上忙，赴汤蹈火，在所不辞。"

那女子很伤心地说："父母把我卖给一个大户人家做妾，大老婆很妒忌，百般虐待我，我实在忍受不了，便逃了出来。如果我现在回家的话，父母肯定会打我一顿，然后再把我送到那个大户人家，到时候我的下场更惨，可是我不回去的话，又能去哪儿呢？现在我真是无处可去了。"说着便哭了起来。

王生看她可怜，又非常喜欢她，就对她说："姑娘要是不嫌弃的话，不如到我家去住，虽然穷了一点儿，但是家里的屋子很多，你看怎么样？"

姑娘哭着说："公子要是真的肯收留我，我愿意为公子做牛做马，一辈子服侍公子。"

王生说："不用，我和你一样都是穷苦人家的，从小都是一个人整理家务，我可没那么皮娇肉贵，让人服侍。你要是不嫌弃，现在咱们就走吧！"

于是王生就把她带回家里，藏到书房内。

有一天王生到集市上去闲逛，被一个道士看到了，道士走近王生仔细地端详了半天，然后皱起眉头说道："公子有妖气缠身，如果再不除掉的话，恐怕有生命危险。"

王生很惊讶，马上怀疑起那姑娘，可转念一想：那姑娘明明是个美人，怎么会是鬼怪呢?肯定是道士在骗人。王生对道士说："道长，我没有什么妖气缠身，感谢道长的关心，请你以后不要这样危言耸听。"说完，就甩袖而去。

道士却大声在王生后面喊道："你不相信就算了，但是，我肯定你用不了多长时间还会来找我，我会在城东的城隍庙等你。"

王生没理他，径直往家里走去，回家看见大门紧紧关着。他从墙的缺口处进去，推推书房门，书房门也关着。他隔着窗子偷偷往里一看，吓了一跳。只见一个青面獠牙的恶魔，把一张人皮铺在床上，用彩笔描画呢。描画完了之后，又披在身上，变成了那个美丽的姑娘。

王生害怕极了，悄悄爬出来去找那个道士。他跪到道士面前请求救命，道士送给他一把绳甩子，告诉他挂在卧室门口，恶鬼见了就会走了。

王生回到家里，没敢再去书房。他按道士的话回到卧室，把绳甩子挂到门口。夜半，恶鬼来了，恨得咬牙切齿。然后它把绳甩子取下来扯碎，破门而入，径直来到王生床前，撕开王生的胸膛，掏走了他的心。

第二天，王生的弟弟找到了道士，把发生的事情说了一遍。道士听了非常气愤，立刻来找恶鬼算账。道士找到了那个恶鬼之后，拿着木剑在院子里喊道："妖孽，赶快还我的绳甩子。"恶鬼刚要逃跑，道士伸出剑来把它击倒在地，割下它的头，它的身子化成一团浓烟。道士拿出葫芦，吸走了浓烟，又卷起人皮装到口袋里走了。

美丽的背后

赏析／袁艳红

　　王生落得个被掏心的下场是因为他被恶魔美丽的外表所蒙蔽。生活中,披上伪装,装穷卖傻,花言巧语的大有人在,他们像狐狸般阴险狡猾,往往用美丽的外表蒙蔽你的双眼,趁着你防不胜防时就惨下毒手。面对这样的奸诈之徒,我们绝不能心软,一定要先发制人,在他的奸计得逞之前,杀他一个措手不及,撕破他的伪装,才能认清其凶恶的本质,避免沦为美丽背后的牺牲者。

　　聪明的你应当时刻谨记:外表美如划破夜空的流星,只会留下瞬间的美丽,只有心灵美才能超越时空,经久不衰。

感动系列

在日常学习、生活中时时保持爱心，懂得尊重别人，这样将会使你成为一个一言九鼎的人。

终身不笑者的故事

● 文/佚 名

相传很久以前，有一个财主，有很多田产地业，家里车马、婢仆成群，过着荣华富贵的生活。他死的时候，只有一个年幼的独生子继承祖业。儿子逐渐长大，由于财产如山，他过起了享乐生活，终日沉溺于花天酒地之中。他为人慷慨，乐善好施，挥金如土。几年下来，父亲留下的钱被他花得干干净净。于是，他只好出卖婢仆和变卖家产，勉强维持生活，到后来变得一无所有，缺衣少食，没办法，他只好去卖苦力，靠做短工糊口。

过了一年，有一天，他坐在一堵墙下，等着别人雇他做工。这时，一个衣冠楚楚、面容慈祥的老人走过来，跟他打招呼。他觉得奇怪，问道：

"老伯，你认识我吗？"

"不，我不认识你，孩子。可我看你现在虽然落泊，但在你身上却有富贵的迹象呢。"

"老伯，这都是命中注定，你需要雇我做活吗？"

"是的，我可以请你去做一些简单的家务活。"

"什么事，老伯，告诉我吧。"

"我家里有十个老人需要照料。你能吃好穿好，我除了付你工资，还要给你一些额外的报酬。说不定托上天的福，你会得到你所失去的一切呢！"

"明白了，谨遵所命。"青年欣然答应。

"我还有一个条件。"

"什么条件，请说吧。"

"你必须保守秘密。如果你看见我们伤心哭泣，不许问我们为什么哭泣。"

"好的，老伯，我不问就是。"

"托上天的福，孩子，你跟我来吧。"

于是，老人带着青年上澡堂，让他洗掉身上的污秽，换上一套崭新的布衣服，然后带他回家。

老人的家是一幢坚固、宽敞、高大的房屋，里面房间很多，大厅中央有喷泉，养着雀鸟，屋外还有花园。他们来到大厅，厅里彩色云石的地板上铺着丝毯，镶金的天花板灿烂夺目。屋里有十个年迈的老人，他们个个身穿丧服，相对伤心饮泣。眼看这种情景，他觉得奇怪，很想问明白，但想起老人提出的条件，便默不作声。接着老人给他一个匣子，里面盛着三千金币，对他说：

"孩子，我把这些钱交给你来维持我们的生活，一切都托付给你了。"

"是。"他愉快地接受了老人的托付，开始服侍照料这些老人。

他精心安排他们的生活，一切都亲自过问，和他们平安愉快地生活在一起。但没过几天，老人中的一个就害病死了。他们伤心地洗涤、装殓好同伴的尸体，把他葬在后花园中。

以后的几年中，这些老人一个一个地死去，最后只剩下两人，一老一少，相依为命。又过了几年，这个老头也生了病，生命垂危。青年不由惭愧地对他说："老伯，我可是勤勤恳恳地伺候你们，向来小心谨慎的呀！十二年了，我可没偷懒呢。十二年如一日。"

"不错，我的孩子。你精心照料我们这些年，确实勤恳。现在老人们先后去世，那不奇怪，我们活着的人，迟早也是要去世的。"

"我的主人哟！你如今卧床不起，病情很沉重。能否在此时告诉我，你们长期苦闷、伤心、哭泣的原因呢？"

"孩子，你别难为我吧，这些事你不需要知道。我向上天祈祷过，希望他保护人类，别再让人们像我们这样悲哀地生活。你如果不想重蹈我们的覆辙，希望你千万别开那道房门。"他伸手指着一道房门，警告青年："如果你定要知道这其中的原因，就去开那道门吧，门开了，你就明白了，但你也难逃我们那种劫难，到那时，你懊悔就来不及了。"

老人的病势越发沉重，最后终于瞑目长逝。青年把他的尸体葬在园中，挨着他的同伴们。这以后，剩下他孤零零的一个人，不知做什么才好。他惶惑不安，老人们的事情吸引、侵扰着他。他想起老人临终嘱咐他，不许他开那道房门，但他却忽然被好奇心驱使，决心看个究竟。于是他一骨碌爬起来，走了过去，仔细打量，那是一道十分别致的房门，门上上了四把钢锁，门楣上蛛网尘封。

老人临终时的警告警示着他，他不由得离开那道房门。可是，想去开门的心情始终烦扰着他。他彷徨、犹豫了七天，到第八天，他再也坚持不住，自言自语地说："上天的判决无法避免，一切都是命中注定，我一定要开门，看它到底能给我带来什么遭遇。"于是他冲到门前，打破锁，推开门。

门开后，出现了一条狭窄的通道，他不顾一切，朝里走去，大约三个钟头后，他来到无边无际的大海边，他感到惊奇，四处张望着在海滨徘徊。突然一只大雕从天空扑下来，抓起他飞向高空。飞了一阵，大雕落在一个海岛上，把他扔在那里，飞走了。

他独自在孤岛上，无路可走。有一天，他正坐在海边哀叹，突然看见海面上远远出现一只小船，这使他希望顿生，他心情惶惑地等待小船驶近。

小船终于驶到岸边。他仔细一看，原来是一只用象牙和乌木精制的小艇。船身用金属磨得闪闪发光，船上配着檀木桨舵，里面坐着十个美如天仙的女郎。女郎们一起登岸，吻了他的手，对他说："你是女王的新郎哪!"接着一个婀娜多姿的女郎走近他,打开手里的丝袋,取出一袭宫服和一顶镶嵌珠宝的金王冠,给他穿戴起来。然后,她们带他上船,起桨出发。

船上铺着各种彩色的丝绸垫子。他看着这一切富丽堂皇的装饰和美丽的女郎,以为自己是在做梦。他想,她们会把船划到哪儿去呢?划了一阵,小船驶到一处岸边。

他抬头一看,岸上无数兵马列阵,武装齐备,铠甲明灿。已经给他预备了五匹骏马,金鞍银辔,光彩夺目。他跨上其中的一匹,让另四匹跟在后面,于是兵马分成两列,簇拥着他。只见鼓乐喧天,旗帜招展,在隆重的仪式中,他们浩浩荡荡地前进。

他不禁疑惑迷茫,很难相信这是事实。

走着走着,来到一处广阔的地带,那儿矗立着一座宫殿,周围有庭园和茂密的森林、湍急的小河、盛开的香花以及歌唱的飞禽,景致美丽幽静。

一会儿,一队队人流从宫殿里涌到草坪上,人们都围着他,接着一位国王骑着骏马,带领仆从来到他面前,他赶忙下马,向国王致敬。

国王说:"来吧,现在你是我的客人。"于是两人骑上马,谈笑着来到王宫门前,他们又双双下马,手牵手地进入宫中。

国王让他坐在一张镶金交椅上,自己挨着他坐下。她取下头上的面纱,露出本来面目。原来她是一个满面春风、美丽可爱的巾帼英雄,她的美丽和富丽堂皇的场面,令这位青年惊奇、羡慕不已。女王对他说:"你要知道,我是这里的女王,你所看见的那些士兵,其实都是女的。这儿没有一个男子。在我们这个地方,男人负责耕田种地、修房筑屋,妇女则管理国家大事。妇女不但掌权,处理政府的事务,而且还要服兵役。"

青年听了这些,感到十分惊奇。

一会儿,宰相来到女王面前。她头发斑白、面貌庄重,是个威武的老太婆。女王吩咐她:"给我们请法官、证人来吧。"

宰相领命，匆匆去了。女王亲切和蔼地跟青年谈话，安慰他，问道："你愿意娶我为妻吗？"

青年立刻站起来，跪下去吻了地面，道："陛下，我比你的仆人还穷。"

"你看到这些婢仆、人马、财产了吗？"

"是的，看见了。"

"这里的一切，你都可以随便使用。"她说道，又指着一道锁着的房门说："是的，一切你都可以随便支配使用，只是这道房门不许你开，否则你会懊悔的。"

说罢，宰相带了法官和证人来。青年一看，她们一个个全都是老太婆，长发披肩，摆着庄重严肃的架势。女王吩咐婚礼仪式开始，于是摆下丰盛的宴席，大宴宾客，盛况空前。

新婚之后，他和女王夫妻恩爱，过着快乐幸福的生活，不知不觉过了七个年头。

有一天，他想起那道锁着的房门，自言自语地说："里面一定藏着更精美的宝物，要不然，她怎么会禁止我开门呢？"于是他一骨碌爬起来，毅然打开了房门，进去一看，原来里面关着从前把他抓到岛上的那只大雕。

大雕一见他，便对他说："你这个不听忠告的倒霉家伙！你不再受欢迎了。"

青年听了这话，回头便逃，大雕赶上去一把抓住他，飞腾起来，在空中飞了约一个钟头，把他扔在原先抓他的那处海滨，然后展翅飞去。

青年慢慢醒过来，坐在海边，想着在女王宫中掌权发号施令的荣耀，忍不住伤心后悔。他盼望回到妻子宫中去，便呆在海边观望，足足等了两个月。一天夜里，他在忧愁的缠绕下失眠，忽然不知从什么地方传来一个声音说道："你只能烦恼了，失去了的，要想得到它，那谈何容易啊！谈何容易啊！"

他听了那声音，知道没有希望重叙旧情了，不由大失所望，悲哀至极。他无可奈何，又回到七年前老头们居住的屋子里，忽然明白了一切。老头们当时的境遇和自己目前的遭遇不是一样吗?这也就是他们忧愁苦恼、伤心哭泣的原因呀。从此，他住在那幢房子里，寂寞冷落，忧郁苦闷地度日，不停地悲哀哭泣。

自那以后，他终身不再言笑，直至瞑目长逝。

学会遵守诺言

赏析／李　婵

"一言既出，驷马难追""一言九鼎"这是古人遵守诺言的信约凭据。每个人都以"信"字维持着自己的人格，赢得众人的尊重。反之，只会让自己陷入"伪君子"的泥沼中，终日受着背弃诺言的折磨。

文中的主人公抵不住外界的诱惑，背弃了对老人和女王的诺言，心中的郁闷终不能拂去，瞑目长逝时也不曾露出一点儿笑意。诺言向来是神圣的。一个言而有信的人往往是成功人士。因为国家、集体、社会需要的就是遵守诺言的人，这样的人才会紧守自己的岗位，兢兢业业地为人民、为国家作贡献。学会遵守诺言是每个人走向成功之路的必要前提。信用难得易失，有时十年积累的信用往往由于一时一事的言行而失掉。所以，懂得遵守诺言并不是一件容易的事情。诺言就像一面镜子，摔破了就很难再合成一片。没有信用的人只能是行尸走肉。

在日常学习、生活中时时保持爱人的心，懂得尊重别人，这样将会使你成为一个一言九鼎的人！